JN106268

初期スキルが便利すぎて異世界生活が楽しすぎる！

Shoki Skill Ga Benri Sugite Isekai Seikatsu Ga Tanoshisugiru!

4

霜月雹花

Hyouka Shimotsuki

Illustration

パルプピロシ

シャファル
伝説の銀竜。
人化しても
食いしん坊な性格は
変わらない。

グルド
顔が怖すぎる冒険者
ギルドの受付係の男性。
かつては最強クラスの
冒険者だった。

ラルク
本作の主人公。三つの便利な
初期スキルを駆使して、
異世界での第二の人生を
思う存分楽しむ。

登場人物紹介

MAIN CHARACTERS

ゼラ

お茶目な悪魔の美女。
とある事件がきっかけで
ラルクに
同行するように。

アルス

ラルクが住む国の王様。
とにかく面白いことに
目がない。

レック

ラルクの親友。
立派な商人を
目指して勉強する
頑張り屋さん。

ドラン

竜人の少年で、
ラルクのクラスメート。
剣術の腕は
超一流。

神様のイタズラによって命を落とした俺、四宮楽は、神様から三つの便利な初期スキルを授かって、銀髪の少年ラルクとして異世界に転生した。

転生後は順風満帆な人生！　……というわけにはいかず、次に意識が戻ったとき、俺は家も名前もない状態だった。転生時の不具合で記憶の引継ぎがうまくいかず、本来は生まれた直後からチートスキルを使って快適に暮らすはずが、無能の少年として家族に虐待に等しい扱いを受け、十歳のときに名前を消され、家も追い出されてしまっていたのだ。

ただ、その直後に記憶を取り戻し、俺は王都レコンメティスでのちの義父となるグルドさんと出会う。そして、それをきっかけに俺は一気に幸せな人生を歩んでいくのだった。

そんな俺の恩人である義父さんが、聖国という悪い国に攫われてしまったときは流石にキレたなぁ……俺はすぐに自分の従魔である伝説の銀竜、シャファルの力を借りて、聖国に乗り込んで義父さんを救い、黒幕である聖国の女神を成敗したのだった。

義父さんの誘拐騒ぎが収まり、一息ついたのも束の間。

俺はとある依頼を受けている最中に奇妙な洞窟を発見した。気になって調べてみたら、そこはどうやら迷宮と呼ばれる、魔物がうじゃうじゃいる危険な場所だったのだ。

それにしても、次から次へとトラブルが舞い込んでくるな……

ま、俺は楽しいからいいんだけどね。

1　迷宮探索の準備

偶然迷宮を発見した俺は、同じパーティメンバーであるレティシアさん、リン、そしてアスラと一緒に王都に戻って急いでギルドへ向かった。

ギルドに着いた俺達は、ギルド職員である義父さんの受付に行き、迷宮のことを報告する。

義父さんは聖国に攫われて大怪我を負っていたんだけど、先日全快して無事仕事に復帰できたんだよね。

事情を説明すると、義父さんはすぐに席を立って「付いてこい」と言った。

大勢で行くのも迷惑だと思い、とりあえず代表して俺が一緒に行くことにする。

義父さんに連れられてきたのは、ギルドマスター室だった。

扉を開けて中に入ると、ギルドマスターのフィアさんことリーフィアさんと、副マスターのララさんことラディーナさんが、事務仕事をしているのが目に入る。

驚いた顔をする二人に、俺は迷宮を発見した経緯と場所の報告をした。

フィアさんは真剣な表情で話を聞いたあと、おもむろに口を開く。

「事情は分かったわ。報告ありがとう、ラルク君。今回の依頼、受けたのがラルク君達で良かった。普通のDランク冒険者だったら死んでいたかもしれない事態だわ……ごめんなさい」

「いえ、予想外のことでしたし、フィアさんが謝る必要はないですよ。それに、いい経験値稼ぎもできましたから」

俺が言うと、フィアさんはにっこりと微笑んだ。

迷宮の件はフィアさんと何人かのギルドの職員さん達が後日調査してから冒険者達に公表する、ということで落ち着き、一旦その場は解散となる。

俺と義父さんは受付に戻り、改めて依頼の報酬金を受け取った。迷宮を早期に発見したことが評価され、最初に提示された額より多くもらえたからラッキーだったな。

報酬金を均等に分配しながら、俺はみんなにギルドマスター室でのことを伝える。

「とりあえず、迷宮の公表は後日ってことになったよ。混乱を招かないために、みんなも誰にも言わないようにね」

「分かったわ」

「うん」

「了解」

みんなが頷くのを確認してから、俺は解散を告げ、帰宅したのだった。

帰宅後、俺は自室にて考え事をしていた。

「確か迷宮って、地上の魔物より強い奴らが出てくるんだっけ……今すぐ迷宮を探索するってわけじゃないけど、万が一に備えてメンバーの装備を一新するのもいいな……」

以前は俺が経営しているお店が忙しかったから、迷宮の探索をする暇はなかった。

だけど最近は落ち着いてきており、冒険者活動に力を入れやすい状況になっている。近々、王都の他にも新店舗を出そうと思っているんだけど、それはまだ先の話だ。

また、装備を買うお金のことは問題ない。お店の経営にはじまり、今までいろんな方法で稼いできたおかげで、数十年は暮らせるほどのお金を持っている。

全員の装備を一新するのも戦力強化になるけど……

「でもみんなの装備っていいものばかりなんだよな……」

リンやレティシアさんの装備は、フォルノさんという腕利きの職人さんが作ってくれたもので、その辺の武具より断然性能がいい。

アスラの装備は言わずもがな。アスラはルブラン国の第二王子なので、最上級の武具を揃えている。

「ラルク、何をそんなに悩んでおるのじゃ？」

「にゃ～？」

悩んでいると、シャファルが部屋の中に入ってきた。俺の召喚獣である黒猫の精霊、ノワールを抱っこしている。

　本当のシャファルは巨大なドラゴンの姿をしているんだけど、体が大きいと色々と不便だから、普段は人間形態に変身しているんだよね。

　俺はシャファルに、今さっき考えていたことを話してみる。

「ふむ、戦力強化か……装備に注目するのはよいと思うが、確かにラルク達は粗悪品を身に付けておるわけではないからのう……」

「そうなんだよね〜」

　俺がベッドに横になると、シャファルは思い出したようにこう言った。

「そういえば、我の素材はどうしておるのじゃ？」

「えっ？　それってシャファルの前の体のこと？」

　シャファルは寿命が近付くと、新しい体に転生することができる。で、俺は初期スキルの一つ、『便利ボックス』にシャファルの転生前の亡骸を保管しているのだ。

「特に何もせず、保管し続けているよ。伝説の竜の素材なんて、下手に売れないしね」

「……ふむ、それなら我の素材で装飾品を作ったらどうだ？　パーティメンバーの印になるようなものなどいいかもしれん」

「……いいね。その案！　フォルノさんに頼めば、冒険に役立つ効果を装飾品に付加してくれると思うし、明日行ってみるよ」

「うむ、力になれたようで良かったのじゃ……だからラルク、そろそろ飯を――」

「さてと、夕飯の支度でもしてこようかな。シャファルは今日も飯抜きだからね」

俺がそう言うと、シャファルは絶望的な表情を浮かべる。

シャファルは以前俺に嘘をついた罰として、しばらく飯抜きにしている。解除するつもりはまだない。

「そんな、助けになったでは――」

俺はシャファルの言葉を最後まで聞かずに部屋を出て、台所に向かったのだった。

◇

次の日。今日は冒険者活動が休みなので、レティシアさんとリンは俺の店に手伝いに行っている。

俺は一人で、フォルノさんの店に向かった。

「いらっしゃい、ってラルクか？　久し振りだな」

店に入ると、フォルノさんが笑顔で迎えてくれる。

「お久し振りです。フォルノさん」

挨拶を返したあと、俺は昨日決めたことを話した。

話し終えると、フォルノさんはニヤリと笑う。

「銀竜の素材でパーティメンバーの装飾品作りか……面白そうだな、作ってやるよ。伝説の竜の素材を使えるなんて、最高じゃないか！」

「ありがとうございます。でも、装飾品と言ってもいろんなものがありますよね」

「そうだな……指輪やペンダントなんかがあるが……ここは無難にイヤリングでどうだ？　鱗（うろこ）が数枚あれば素材としては足りるだろう」

「イヤリングですか……いいですね。ちょっと待っててください」

俺は『便利ボックス』に眠らせていた転生前のシャファルの体を、スキルで解体して、鱗を数枚取り出した。

「おぉ……銀鉱石（ぎんこうせき）よりもいっそう輝いているな……これが銀竜の鱗か」

感嘆したように呟（つぶや）くフォルノさん。

「それでは、よろしくお願いします。あの、代金はいくらになりますか？」

「ああ、そうだな……四人分まとめて銀貨四枚でいいぞ」

「え？　そんなに安くていいんですか？」

一般的な武具屋の相場を考えたら、破格の値段と言っていいだろう。

「今回は持ち込みの素材を加工するだけだし、何より伝説の竜の素材を扱えるんだ。値段のことは気にしないでくれ」

フォルノさんは、シャファルの鱗を眺めつつそう言った。

これ以上何か言っても、フォルノさんは金額を変えないだろう。

俺は財布から銀貨四枚を取り出してフォルノさんに渡す。

「フォルノさん、ありがとうございます」

「おう、完成予定は明後日だ」

「分かりました。楽しみにしていますね」

そう言って、店を出る。

シャファルの素材を使ったイヤリングか……完成が待ち遠しいな。

◇

フォルノさんにイヤリングの作製を頼んだ翌日。

ギルドで依頼を受注しようとしたら、受付をしていた義父さんからギルドマスター室に行くようにと言われた。

なんだろうと思いつつ、とりあえず依頼のほうはアスラ達に任せて、一人で階段を上がってギルドマスター室に向かう。

ギルドマスター室にはフィアさんとララさん、それと何人かのギルド職員さんがいた。

「ラルク君、来てくれてありがとう。実は、先日ラルク君が発見した迷宮について、いくつか確認させてもらいたいことがあってね」

ギルド職員さんの一人がそう言って、こちらに一枚の地図を手渡してくる。

広げて見てみると、迷宮を見つけた際に訪れていた村の場所が載（の）っていた。その付近には、赤い×マークが記されている。俺が見つけた迷宮の場所と同じ位置だ。

「迷宮があった場所は、その印の位置で合っているかい？」

「はい、間違いないです」

「ありがとう。昨日、我々はマスターと一緒に、その印を付けたところにあった迷宮の調査をしてきたんだ。念のため、ラルク君が報告した場所と同じ位置か確認しておきたくてね」

なるほど、俺が呼ばれたのはこのためだったのか。

それからギルド職員さんとフィアさんの話し合いが始まった。聞いちゃいけないのかと思って席を外そうとしたら、フィアさんが残っても構わないと言ってくれたので、後学（こうがく）のために一緒に話を聞く。

内容は、迷宮ランクとやらに関するものだった。

迷宮ランクってなんだ？　と思っていたら、ララさんが横から「発見した迷宮がどれくらいの攻略難度なのか、冒険者ギルドで区分する決まりがあるの」と教えてくれた。

話によると、迷宮に出現する魔物の平均能力はDからCランク程度の強さだそうだ。ただし、五層まで潜（もぐ）っても最下層が見えなかったので、Dランク以上の難度はありそう、とのこと。

以上の条件を加味して、フィアさんが迷宮ランクを〝C-ランク〟と決定した。ようするに、Dランク冒険者が挑むのはやや厳しいが、Cランク冒険者なら十分攻略可能、ということらしい。ちなみに、俺の冒険者ランクはDだ。

話がまとまったところで、フィアさんが迷宮ランクについてさらに説明してくれる。

迷宮ランクは基本的に強い順からA・B・C・Dの四段階に分かれており、そこに＋、－、ニュートラルが付け足され、計十二段階評価となっている。

五層以下の浅い迷宮の場合は大体〝D-ランク〟に区分され、最難関の〝A+ランク〟の迷宮は、現在確認されているだけで五十層以上あるのだとか。

迷宮ランクが決定されるとギルド職員さんは部屋を出ていき、その後、扉の外から歓声が聞こえてきた。迷宮が発見されたことを公表したのだろう。

俺はフィアさんに尋ねる。

「冒険者にとって迷宮が発見されるのは、嬉しいことなんですかね？」

「そうね。未知のエリアを探索するのって、やっぱりワクワクするじゃない？　あと、地上の魔物と比べて、迷宮の魔物が落とす魔石や素材は質がいいの。もちろんギルドに売ったときの買い取り額も増すから、迷宮が近くにあるならそっちに行く冒険者のほうが多いわね」

「そうなんですか。でもみんなが迷宮に行っちゃったら、普通の依頼が滞（とどこお）るんじゃないですか？」

俺が言うと、フィアさんは困ったような顔をした。

「ラルク君の言う通りなのよね。まあ、仕方ないわよ。迷宮を放置したままだと、魔物が増えて外に出てきて、近隣の村や町が危なくなるの。下手に情報を伏せると、かえって痛い目を見るわ」

「なるほど……まあ、俺達もいずれ迷宮には足を運ぶと思いますが、王都の依頼も今まで通りこなすつもりです」

「それはありがたいわ。私としてもラルク君には早くランクを上げてもらいたいから、頑張ってね」

「はい、頑張ります」

フィアさんから応援され、部屋を出る。

階段を下りると、先程まで中にたくさんいたはずの冒険者がほとんどいなくなっていた。

誰かいないか探してみると、食堂で知り合いの冒険者であるドルトスさんが食事をしているのを見つけたので、近付いて話しかける。

「こんにちは、ドルトスさん。なんかギルド内が閑散としていますね」

「ようラルク。みんな新しい迷宮に行っちまったんだよ」

「ああ、やっぱり。ドルトスさんは行かないんですか？」

そう聞いたら、ドルトスさんは首を横に振った。

「まあ迷宮ランクも低いし、別に興味ないな。それに、今はキド達の面倒を見ているからな」

キド達というのは、俺が以前知り合った冒険者の面々だ。彼らはドルトスさんのパーティメンバーであるルブロさんとロブトさんと同じ村の出身で、今は王都に滞在して強くなるために修業している。

「そうなんですね。キド達、どれくらい成長しました？」

「ぼちぼちだな。ま、呑み込みは悪くないし、一歩ずつ前進しているよ。今日もルブロ達と一緒に森で訓練しているはずだ」

ドルトスさんはそう言うと、切り分けていた肉を口に運び、呑み込んでから言葉を続ける。

「それに冒険者が全員いなくなったら、ギルドが機能しなくなるだろ？　ここに残っている奴らのほとんどは、あの事件の経験者だ。みんな、二度と同じようなことがないように、って考えているんだよ」

「そうなんですか……」

あの事件とは多分、十数年前に起きた王都のドラゴン襲撃事件のことだろう。

ドラゴンが襲ってきたとき、王都中の冒険者は当時新しく発見された迷宮の攻略に向かっていたため、ほとんど全員がギルドを留守にしていた。

そして、王都に残っていたAランク冒険者の義父さんが一人でドラゴンを撃退し、その代償として冒険者生活を引退しなければならないほどの大怪我を負ったのだ。まあ、その怪我はもう俺の『神技：神秘の聖光』という特殊能力で治したんだけどね。

「そう言われると、俺も迷宮に行かないほうがいい気がしてきたな……」

独り言を漏らすと、ドルトスさんがそれを聞いて「いや」と口を開く。

「ラルク達は行ってきたほうがいいぞ。今後のためにも、今のうちに迷宮がどんなものなのかを体験しておくべきだ」

「……分かりました。近いうちに一度行ってみますね」

「そうしろ。ラルク達がいない間に何かあっても、俺達がどうにかするからな」

ドルトスさんの言葉に、食堂にいた他の冒険者達が反応する。

「そうだぞ、俺達だってやるときはやるからな！」

「安心して迷宮に行ってこい！」

「……はい、ありがとうございます！」

俺はお礼を言って、食堂をあとにしたのだった。


その後、ギルドを出て久し振りに俺が経営するお店に顔を出す。

すると、料理人のナラバさんが俺を見て声をかけてきた。

「おや、ラルク君。ラックさんがラルク君に話があるって言ってましたよ。多分今はドルスリー商会にいると思いますから、用事がなければ行ってみてください」

「え、本当ですか？　ありがとうございます、ナラバさん」

手短にお礼を言って、ラックさんの経営するドルスリー商会に向かった。

商会に着き、受付の女性に「ラックさんはいますか？」と尋ねる。

商会長室にいると言われたので、早足で部屋に行った。

ノックすると返事があり、中に入る。

「お邪魔します、ラックさん」

「いらっしゃい、ラルク君。伝言を聞いてくれたのかな？　わざわざ来てもらって悪いね」

そう前置きしたあと、ラックさんは用件を話し始めた。

「実は新店舗の予定地が決まったから、その報告をしようと思ってね」

「本当ですか？　それは良かったです」

「それと、ラルク君が考案した『焼きおにぎり』と『焼飯（やきめし）』の二種類の料理を、今後は私が経営している食堂でも提供していいという話を前にもらっていたけど、本当に大丈夫なのかい？」

そうそう、以前そんな話をラックさんにしたことがあったっけ。

「はい、構いませんよ」

「そうか、それなら良かったよ。もし今になって駄目だと言われでもしたら、どうしようかと……」

ラックさんは安心したように息を吐き、ソファに深く腰かけた。そんなに緊張しなくてもいいのに。

「あっ、でもそうすると、今後はもっと米の仕入れを増やさなくちゃいけないですよね」

今、俺の店で提供している米料理は、ニホリの里という集落で収穫された米を使っている。仕入れを増やすと口で言うのは簡単だが、現状でも生産量がギリギリだから、これ以上仕入れる量を多くするのは難しいだろう。

ラックさんもその問題は把握しているようで、複雑そうな表情を浮かべる。

「そう、その問題がなかなか解決できないんだ。短期間でコメの生産量を増やすのは現実的ではないし、私の食堂で提供するのはおそらく数年後になるだろうか……」

うーん、確かに田んぼを開墾したり人手を増員したりしても、今すぐに米が増えるわけじゃないよなぁ……

どうしようかと悩んでいるとき、ふと最近見た大量の米の光景が頭によぎった。

「ラックさん、多分どうにかなると思います！」

「えっ？」

俺の声に驚いた様子のラックさんに、俺はとある人物のことを伝える。

その人物というのは、以前叔父のイデルさんの紹介で知り合った、ウィードさんとセヴィスさんのことだ。

ウィードさんとセヴィスさんは、死の森と呼ばれる場所の奥地にある屋敷に二人だけで住んでいるんだよね。そしてそこで「やることがないから」という理由で大量の米を一年中栽培しているのである。改めて思い返すと、実に不思議な人達だ。

実を言うとウィードさんの正体は聖国という国の第一王子でセヴィスさんは執事らしいんだけど、

そんなことをラックさんに言っても仕方ないので、「米を一年中栽培している知り合いがいる」とだけ伝える。

するとラックさんは驚いたように言った。

「なるほど、そんな人がいるのか……」

「はい。米を作りすぎて余らせているはずですし、一度会いに行って譲ってもらえないかお願いしてみます」

ラックさんに別れを告げて商会を出たあと、俺は再びギルドに向かった。

受付でまったりしていた義父さんに、前のめりに尋ねる。

「義父さん！　イデルさんって今、どこにいるか知ってますか？」

「うおっ、ラルク、戻ってきたのか……イデルならちょうどギルドマスター室にいるが、あいつに何か用か？」

「ええ、ちょっと。ありがとうございます！」

急いでギルドマスター室に行く。

階段を上ると、ギルドマスター室から出てきたイデルさんと目が合った。

「ラルク、そんなに慌ててどうしたんだ？」

「良かった、まだいたんですね！　イデルさん、いつもは転移魔法ですぐにどっか行っちゃうから！」

「お、おう。このあとはラルクの店で飯でも食べようと思ってたんだ。近い距離だし歩いて行こうとしてたところだけど、何か俺に用があるのか？」

「はい、今からウィードさんの屋敷に連れていってもらえませんか？」

「ウィードの？　別にいいぞ」

イデルさんは特に理由も聞かず、俺の肩に手を置いて転移魔法を発動した。

目の前の光景が一瞬で切り替わって、ウィードさんの屋敷に到着する。

扉の前に執事のセヴィスさんがいて、いきなり現れた俺達に驚く様子もなく話しかけてきた。

「おや、お久し振りですね。ラルク君」

「お久し振りです、セヴィスさん。あの、ウィードさんに話したいことがあるんですけど、今ってお時間はありますか？」

「大丈夫ですよ」

そう言って、セヴィスさんはウィードさんの私室まで案内してくれた。

まず、セヴィスさんが中に入り、続いて俺とイデルさんも入室する。そして、こちらの事情を伝えて米を売ってもらえないかとウィードさんに聞いてみた。

ウィードさんはあっさりと了承してくれた。

「米が欲しいの？　うん、別に僕はいいよ。あ、でも米に関してはセヴィスが育てているから、僕が許可するのも変か。セヴィスはどう？」

「私も問題ございませんよ。むしろ、余りすぎて困っていたところなので助かります」

「良かった、ありがとうございます！」

それから買う米の量と金額を決めて今現在余っている分を買い取り、『便利ボックス』に入れる。

今後はちゃんとした契約を交わした上で取引することを決め、後日契約書を持ってくると約束してイデルさんの転移魔法で王都に戻ってきた。

俺はイデルさんと別れ、再びドルスリー商会に行く。

そしてラックさんに米の件はなんとかなったと伝えて、契約書の作り方などを教えてもらった。

そうこうしているうちに日が暮れてきたので、家に帰る。帰り際、レティシアさんのところに行って「明日は俺の家に集合してほしい」と言っておいた。アスラにはレティシアさんから伝えてくれるそうだ。

帰宅後はリビングでリンと義父さんが帰ってくるのを待ちつつ、ノワールと遊んで夜まで過ごした。


その日の夜、日課のお祈りをしているときのこと。

ふと気になることがあり、俺は強く念じて神様のサマディさんがいる神界に行ってみた。お祈りの最中に念じれば、簡単に訪れることができるんだよね。

「こんばんは、サマディさん」

「やあ、ラルク君。どうしたのかな？」

「実は聞きたいことがあって……この前、聖国でやりたい放題をして捕まった女神って、どうなったんですか？」

「ああ、その件か。彼女の処分については、まだ神々の間で議論している途中だから、結論を出すまでもう少し時間がかかるかな……」

それなら仕方ないかと思い、すぐに現世に戻ってきた。

ベッドに横になり、明日のことを考える。

「明日はフォルノさんに頼んだイヤリングが完成する日だ。それを取りに行ってから家に帰って、パーティのみんなの能力を確認してから迷宮に挑むか挑まないかを決めよう……」

やることがいっぱいだ。

イヤリングを楽しみにしつつ、俺は目を閉じて眠ったのだった。

◇

次の日、フォルノさんのお店に行って出来上がったイヤリングを受け取った。

そのイヤリングは綺麗(きれい)な銀色に輝(かがや)いており、四つ全てが同じデザインだった。

付与された効果は、〝再生力上昇〟というものらしい。これを装備すれば、怪我が自然治癒(ちゆ)するスピードが格段に上がるのだとか。

「統一したほうがカッコいいと思って全部同じ形にしたんだが、どうだ？」

フォルノさんの言葉に、俺は頷いて応える。

「いいですね。パーティの絆が深まると思います。もし今後パーティメンバーが増えたら、また同じものを作ってもらってもいいですか？」

「おう、任せろ。その代わり、鱗はちゃんと提供してくれよ」

「はい、まだまだたくさんありますので、大丈夫です」

俺はそう言って、作ってもらったイヤリングを『便利ボックス』にしまった。

フォルノさんのお店を出て帰宅し、リンと一緒にレティシアさんとアスラが来るのを待つ。

やがて二人が来たので、リビングに通した。

「それじゃ、今からみんなのステータスを鑑定するね。見る場所は能力値だけにするから」

俺はそう言って、『鑑定眼』でレティシアさん達の能力値を鑑定した。

そして、数字を記憶して用意していた紙に写していく。

まず、最初に写したのはレティシアさん。前回の能力値を覚えていたので、カッコ書きで数値がいくつ伸びたのかも書いておく。

【レベル】20（＋2）

【ＳＰ】１４０（＋14）
【力】１００８（＋１０８）
【魔力】４８０（＋48）
【敏捷】７６４（＋81）
【器用】８４５（＋89）
【運】61

「わぁっ！　やった、力の能力値が四桁になったよ！」

レティシアさんは、能力値の書かれた紙を見て喜んだ。

「おめでとうございます。レティシアさん」

「おめでとう、レティシアさん」

リンとアスラが祝福の言葉を贈る。

俺もレティシアさんに「おめでとう」と言って、続いてリンの能力値を写した。こちらもカッコ書き付きだ。

【レベル】20（＋6）
【ＳＰ】１５０（＋48）

【　力　】６４６（＋１９８）
【魔　力】６８７（＋２１１）
【敏　捷】８５５（＋２６７）
【器　用】８２１（＋２６１）
【　運　】49

「私は敏捷と器用の能力値が少しだけ高いけど、全体的に均等に上がっているね……」

紙を見ながら、リンがちょっぴり落ち込んだように言った。

すると、レティシアさんとアスラがフォローを入れる。

「でも、そっちのほうがいいと思うよ。私みたいに力ばっかり上がったって、それだけじゃ押し切れないときもあるから」

「そうだよ。僕は逆に力がからっきしだから、バランスよく能力値が伸びるのは羨ましいな」

「二人とも……ありがとう」

リンは元気を取り戻したようだ。

仲良きことはいいことだと思いつつ、最後にアスラの能力値を紙に写す。アスラの能力を鑑定するのは初めてなので、カッコ書きはない。

【レベル】20
【ＳＰ】120
【力】562
【魔力】893
【敏捷】643
【器用】721
【運】53

「僕の能力値は、やっぱり魔力が高めだね」

「そうだね。アスラ君は魔法が専門だから、そっちのほうがいいと思う」

アスラの言葉に、リンがそう返事した。

「さて、じゃあ今後の方針だけど……どうしたの、みんな？」

俺が話し始めた途端に、なぜかみんなから「えっ？」という顔をされたので、思わず尋ねる。

リンが代表して口を開いた。

「ラルク君のステータスは、見せてくれないの？」

「えっ？　いや、だってみんなは最近レベル上げをしていたけど、俺は何もしてなかったからそんなに変わってないよ？」

俺が言うと、今度はアスラが発言する。

「僕はまだラルク君のステータスを見たことないよ。せっかくだから、見せてほしいな」

そういえばそうだったかも。

「分かった。ちょっと待ってて」

俺は『鑑定眼』で自分の能力値を確認して、手早く紙に写してみんなに見せた。

【レベル】57（+1）
【SP】560（+10）
【力】5606（+29）
【魔力】6473（+31）
【敏捷】5995（+29）
【器用】4246（+24）
【運】51

「「「……」」」

みんな、紙を見て固まってしまった。

「えっと、ほら、俺は昔から義父さんに鍛えられていたから……」

「ほんと、ラルク君の能力値を見ると差を感じるわ」

レティシアさんがため息をついて言った。

「そ、そうだ。みんなに渡したいものがあるんだ！」

なんとなく気まずくなり、俺は話題を変えるべく、『便利ボックス』から先ほど受け取ったイヤリングを取り出して、テーブルに並べる。

「これって、イヤリング？」

「だね。どうしたのこれ、ラルク君？」

首を傾(かし)げるレティシアさんとリン。

「今後、迷宮を探索するなら役に立つかと思って、装飾品を作ったんだ。それにパーティを結成して結構経つし、仲間の証(あかし)みたいでいいかなと思って」

そう言いながら、レティシアさん達にイヤリングを配る。

「このイヤリングにはシャファルの鱗が使われていて、〝再生力上昇〟っていう効果が付与されているよ」

俺が説明したら、みんな黙ってしまった。

「……あのね、ラルク君」

「どうしたの、アスラ？　もしかして、気に入らなかった？」

「そうじゃなくて……竜種の素材が希少なものだってことは、知ってる？」

「ああ、知ってるよ」

「うん、それじゃあ伝説の竜であるシャファル様の鱗なんて素材に使ったら、とんでもなく希少度が上がるのは分かるよね？」

「……あー」

アスラの言葉の意味が段々と分かり、俺は再びイヤリングを見る。

「このイヤリング、国宝級以上の代物だよ」

「……」

やってしまった。

こんなものを装備して歩き回って、誰かに素材がバレたりでもしたら、大変なことになるよな……

俺は思わず、ドスッと椅子に座ってうなだれた。

「全然気付かなかった……みんなのためになればと思って、つい……」

「ま、まあまあ。銀を使ったアクセサリーに見えなくもないから、多分黙っていればバレないよ」

レティシアさんがフォローしてくれて、とりあえず周囲に怪しまれるまでは着けておこうということになった。

これからシャファルの素材を使って装備を作るときは気を付けよう……

2　迷宮探索

サプライズプレゼントの話が終わり、話題を迷宮の件に変えた。

とりあえず、迷宮に関する俺が知る限りの情報を、みんなに共有する。

迷宮ランクがC-ランクであり、階層が五層以上あること。

迷宮の中には鉱物が採掘できる場所があること（これはギルドの職員さんから教えてもらった）。

鉱物の他にも色々な素材が採取できそうだということ。

「まず、この迷宮にはEランク冒険者だけでは入れないという決まりになったらしい。うちのパーティだとアスラとレティシアさんがEランクだけど……ただ、俺とリンがDランクだからパーティとしてなら迷宮に入れる。みんなは、迷宮に行きたい？」

アスラはこの間冒険者に登録したばかりだから、レティシアさんは俺のお店のお手伝いをしていて依頼を受ける数が少なかったから、それぞれDランクには昇格していない。ただ、二人の実力は明らかにEランクのレベルを超えているし、迷宮に入っても問題ないだろう。

　俺の問いかけに、レティシアさん、リン、アスラがそれぞれ答える。

「う〜ん……一度、行ってみたいかな？」

「私も行ってみたい……」

「迷宮内で僕の魔法が通用するか心配だな……」

やや弱気なアスラに、俺は自信を持たせる。

「さっき見た能力値なら、大丈夫だと思う。むしろ戦力としては十分だよ。それを踏まえて、アスラは迷宮に行きたい？」

「う～ん、それなら行きたい。やっぱり、迷宮って夢があるし」

アスラが少し照れつつ言った。

よし、それじゃあ迷宮探索を今後の目標にしよう。

次は、迷宮内でのそれぞれの役割を決める。

今までのパーティの陣形は、レティシアさんとリンが前衛で俺とアスラが後衛。

ただ、万が一手強(てごわ)い魔物に遭遇(そうぐう)した場合、真っ先に危険が及ぶのはレティシアさんとリンだ。

俺達にとって、迷宮は未知の領域である。舐(な)めてかかるといつ死ぬか分からない。

「迷宮内では、俺とレティシアさんが前衛でアスラが一人で後衛。リンにはサポート役に回ってもらおうと思っているけど、その陣形でいいかな？」

俺の言葉に、リンが苦い顔をする。

「うっ、やっぱり私が前衛だと危ない？」

「いや、そういうわけじゃなくて、もしものときのためだよ。リンの気配探知能力は俺達より優れているから、魔物に不意をつかれないように見張っていてほしいんだ。それにリンは魔法も剣術もこなせるから、臨機応変に戦えるでしょ？　だからサポートを頼みたいんだよね」

「……うん、分かった。私、頑張るよ」

良かった、納得してくれたみたいだ。

続いて、迷宮にどれくらいの期間潜るのか、という話し合いになる。

まず、レティシアさんが発言した。

「迷宮を長期間探索するなら、食料とかも必要になるよね」

「そうですね。ただ、俺の収納系スキルがあるから持ち運びの心配はいらないですよ。年単位の荷物だって持てますから」

俺が言ったら、アスラが驚いた顔をする。

「そんなに？　いくらラルク君の収納系スキルでも、流石に運べないんじゃないの？」

レティシアさんとリンも、うんうんと頷く。

そういえば、みんなには『便利ボックス』の能力をちゃんと伝えたことはなかったっけ。

この際だし、改めて説明するか。

「俺の収納系スキルは『便利ボックス』と言って、道具や素材を種別ごとに収納することが可能なんだ」

「種別ごと……？　それって普通の収納系スキルとは何が違うの？」

レティシアさんが首を傾げて質問してきた。

「えっと、たとえば石を三つ収納するとしますよね？　普通の収納系スキルだと石が三つ収納されたことになるんですけど、『便利ボックス』に入れた場合は石が一種類収納された、とカウントされます。そして、『便利ボックス』には個数の制限は存在しません。石を何万個入れても、一種類と数えられるんです」

「すごい！　種類が同じならいくらでも収納できるんだ！」

アスラが感嘆の声を上げた。

その言葉に頷き、俺は説明を続ける。

「その通り。だから、食料も種類が同じだったらいくらでも収納できるんだ。あとは離れたところにあるものも収納できたり、収納した魔物の死体を必要に応じて解体できたりする機能があるね。まあ、とりあえず便利なスキルだと思ってもらえればいいかな」

「すごいね～ラルク君。あと、ラルク君は合成魔法で色々できるよね」

リンがニコニコしながら言った。ニホリの里で、俺が魔法を使ってシャワーを作ったときのことを思い出したのだろう。

「そうだね。お湯を作ってシャワーを浴びることもできるし、洗濯したあとに温風で服を乾かすことだってできる。あとは、土属性魔法で建物を作って、拠点や避難所にすることも可能かな」

「ラルク君がいれば、迷宮を探索し放題だね」

リンはそう締めくくった。

「まあ、さっきは年単位って言ったけど、そんなに長く潜りたいとは思わないかな。せいぜい一週間が限界だと思う……義父さんが」

心配性な義父さんのことだから、俺が一週間も迷宮から帰ってこなかったら仕事を放り出して探しに来るに違いない。

先に「長く潜るから」と言っておいたとしても、多分意味はないだろう。

どうしようかと思っていたら、レティシアさんがおずおずと手を挙げる。

「……ラルク君。初めての迷宮だし、最初から長く潜ることは考えずに一日行って帰ってくることにしない？」

「そうですね。そうしましょう」

レティシアさんの意見に、俺は即座に乗っかった。

正直、俺もそれくらいでいいんじゃないかと思っていたからね。

長く探索すると、怪我や死の危険がある。

強い魔物に出くわした場合は最悪シャファルを呼び出せばなんとかなる気はするが、未知の迷宮なんて用心するに越したことはない。魔物以外にも、危険な罠(わな)があるかもしれないのだ。

だから、決して無理はしたくない。

最後に、迷宮にいつ潜るのか決めることとなった。

今はなんの用意もしていない状況だが、準備期間を長く取るのも考えものだ。今、俺の通う学園は春休みだが、終わりも段々近付いてきている。

結局、三日間の準備期間を設け、四日後の朝に迷宮へ向かうことを決めた。

初めての迷宮探索、決して無理はせず慎重に挑もうと方針を決め、この日は解散となったのだった。

◇

話し合いから三日経ち、迷宮に行く日の前日となった。

義父さんに迷宮探索の許可は取ってある。というか、迷宮行きを決めたその日に説得を開始し、さっきようやく取れた。義父さん、どんだけ心配性なんだよ……

リビングでぐったりしていたら、リンが心配そうにこちらの顔を覗き込んできた。

「ラルク君、迷宮に行く前から疲れた顔をしているけど、大丈夫？」

「ちょっとね……義父さんの説得で体力を消耗しちゃったけど、用意するものはすでに『便利ボックス』の中に入れてあるから、心配しなくても大丈夫だよ」

「う、うん。でも、本当にきつかったら明日はやめて次の日でもいいんだからね？」

「ありがとう、でも本当に大丈夫。それじゃ、明日は早いからもう寝るね。お休み」

そう言ってリビングを出て、自室に向かった。

自室に入った俺は、いつものようにお祈りを済ませてベッドに横になる。

明日は気を引き締めて行こう……

そう意気込みながら、眠りに就(つ)いた。

◇

翌日、俺達はドラゴンの姿になったシャファルに乗り迷宮へと向かっていた。

遠出する場合は、馬車などで行くのが冒険者の定番。

しかし今回はできるだけ早く迷宮に行きたいと思い、俺の提案でシャファルに乗ることにしたのだった。

当たり前だが、伝説の竜が人を乗せて飛んでいる姿を目撃されると大騒ぎになるので、人の目に触れないよう慎重にルートを選んだ。それでも馬車で行くより遥(はる)かに早く着いたので、今更ながらシャファルはすごいと思う。

シャファルは俺達を降ろしたあと、俺の体の中に入って休む。原理はよく分からないが、従魔は体の大きさに関係なく主の体内に入れるのである。

迷宮の入口となる洞窟に立ち、俺は改めてみんなの顔を見回して口を開く。

「さて、それじゃ最後の確認だけど……みんな、迷宮の中に行くんだね？」

「もちろん」

「うん」

「ここまで来て、行かない選択肢はないよ」

レティシアさん、リン、アスラがそう言ったのを確認し、俺は頷く。

「よし、それじゃあ行こうか」

俺達は洞窟の中に入っていった。

奥に進むと、ギルドの人が取り付けたと思われる扉と、その脇に見張りの門番さんの姿が見える。

あれが迷宮の本当の入口か。

門番さんに挨拶してからパーティリーダーである俺の冒険者の証を見せ、扉を開けてもらう。

最初は狭かったが奥に行くに連れて穴が広がっていき、五分も歩けば大洞窟と呼べる広さになった。

「すごい……」

迷宮内の光景を見て、アスラが感動したように声を漏らした。

と、そのとき、辺りを索敵していたリンがいきなり声を上げる。

「みんな、前方から数体の魔物が来るよ！」

その言葉を聞き、俺とレティシアさんはすぐさま剣を抜き魔物が来るのを待った。

洞窟の奥からやってきたのは、三体のホブゴブリンと呼ばれる魔物だった。ゴブリンの進化系であり、低級モンスターの中ではかなり強い。

だが、俺達なら問題なく勝てるレベルだ。

アスラに「魔法は使わずに魔力温存で」と言って、レティシアさんと力を合わせて討伐する。

「「「ぎゃッ！」」」

俺とレティシアさんの剣を受け、断末魔（だんまつま）の悲鳴を上げて倒れ伏すホブゴブリン達。

討伐した魔物の死体は、あとでギルドに持ち帰るために『便利ボックス』にそのまま入れた。

それから俺達は、一時間ほど迷宮内を探索し続けた。

道中でゴブリンやホブゴブリン、コボルト、ワームといった魔物と出くわしたが、順調に倒していく。

さらに鉱脈を発見して、用意していた採掘道具で鉱物を手に入れることができた。

「この迷宮は素材や資源が豊富だってフィアさんが言ってたけど、その理由が分かったな」

俺の言葉に、レティシアさんが反応する。

「そうだね。出てくる魔物も比較的対処しやすいし、探索のしがいがあるよ」

そんなことを思っているのは俺達だけではないようで、迷宮に入ってからすでに十組以上の冒険者と出会っている。

王都で見かけたことのある冒険者の人がほとんどだったが、中にはまったく見覚えのない冒険者もいた。

途中すれ違った知り合いの冒険者に聞くと、この迷宮の情報はレコンメティスの国中に広まっているらしく、遠くの街からわざわざ足を運んでいる冒険者もいるのだと教えてもらった。

その冒険者と別れたあと、俺は三人のほうを振り返る。

「念のために言うけど、他の冒険者とのいざこざがないように気を付けようね」

「うん。知らない人には極力近付かないようにしようか」

「そうですね」

レティシアさんが付け加えて言うと、アスラが返事をした。

その後も探索を続け、お腹が空いてきたので食事を摂ろうかという話になる。

リンが隠れられそうな窪みを見つけ、そこで休憩することにした。

魔物に襲われることがないよう、窪みの入口は俺の土属性魔法で壁を作って塞いでおく。

安全を確保したあと、俺は『便利ボックス』から食事を取り出した。

「リン、甘いものを食べておくといいよ。ずっと索敵に集中していただろ?」

俺はそう言って、ハチミツを塗ったトーストをリンに渡した。

「あ～、私も食べた～い」

レティシアさんが羨ましそうに言ったので、みんなの分も取り出す。

美味しい食事を摂ってまったりし、元気を取り戻した俺達は窪みから出て探索を再開した。

「あ！　ラルク君、あれ！」

休憩を終えて五分もしないうちに、リンが迷宮の下へ続く階段を見つけた。

「ここを下りると二層に行けるわけか……」

それにしても、なんで迷宮に階段があるんだろう？

前世でよく遊んでいたファンタジー系のゲームでも、ダンジョンの下に行くために階段が用意されていた。そのときは特に気にならなかったが、現実として目の当たりにするとちょっと不気味だ。

また、ゲームだとダンジョンの各所に宝箱が設置されていたり、親切なタイプだと途中の階層で地上に戻るための仕掛けがあったりした。

実はこの迷宮でも、探索中にいくつかの宝箱を見つけたんだよな。大抵は他の冒険者に開けられたのか空の状態だったが、たまに手付かずのものもあった。中身は薬草などの消耗品で、地味にありがたかった。

流石にワープの仕掛けはまだ発見していないが、こんなにゲームと似たような造りだと、どこかにあってもおかしくない気がする。

「それにしても、いったい迷宮って誰が造ったんだろう……」

独り言を呟いたら、アスラがそれに反応した。

「一説によると、迷宮は神様が造っているんだってさ。僕達、つまり人間に試練を与えるための場所なのではないかって考えられているんだよ」

「神様が？　……なるほど」

サマディさんの顔を思い出す。確かにあの人（？）みたいな神様が造ったとしたら、親切な設計になるのも頷けるな。

「試練の場所っていうのはその通りかもしれないね。宝箱があるのは、試練に挑む挑戦者へのご褒美という感じかな」

「そうだね。僕もそう思う」

会話をしたあと、俺達は階段を下りて二層に足を踏み入れる。

二層は一層に比べて若干魔物が強くなっていたものの、力を合わせながら順調に攻略していく。

途中、何度か罠もあったが、リンが全て事前に見つけてくれたので、仕掛けを避けたり解除したりできた。

そのまま無理をしない程度に迷宮を進んでいき、三層、四層を抜け——

ついに、五層に辿り着く。ギルドの職員さん達はここから下には行ってないということだったが……

五層に入った瞬間、俺は強い気配を察知した。なんというか、ものすごく危険な気配だ。

パーティメンバーの顔を見ると、リンだけは俺と同じ気配を察知しているようだった。

「レティシアさん、アスラ。この階層は何か起こるかもしれない」

俺はレティシアさん達に短く言い、これまで以上に警戒しながら進んでいく。

しかし、予想に反して何事もなく進むことができた。特段危険な魔物も罠もない。

「……無事に進んでこられるのはいいけど、あの気配はなんだったんだろう」

歩きながら、俺はリンに話しかける。

「うーん、私もラルク君も感じたんだから気のせいってことはないと思いたいけど、自信なくなってきたなぁ……今はもう普通の空気になってるし」

すると、アスラが会話に入ってくる。

「でも、ラルク君達が間違えるなんて考えにくいし……取り返しのつかないことになる前に探索を切り上げて戻ったほうがいいんじゃないかな……？」

「確かに、そうするべきかもな……」

五層に入ってから警戒し続けたせいで、俺とリンはもちろん、レティシアさんとアスラも精神が大分疲弊（ひへい）してきている。初めての探索で五層まで来られたら、成果としては十分だろう。

レティシアさんとリンも同意し、帰還することに決める。

そして来た道を戻ろうと踵（きびす）を返した、そのときである。

五層に入った際に感じた気配を、再び察知した。

「ッ!!」

次の瞬間、迷宮が激しく揺れた。

突然の事態に動揺しつつ、俺達はなんとか壁際に寄って、壁に手を付きながら上への階段を目指して歩く。

しばらくすれば揺れは収まるかと思ったが、収まるどころか段々激しさを増し、ついには地面がところどころひび割れ始めた。

このままだと誰かが地割れに呑み込まれかねない……！

俺は無茶を承知で土属性魔法を発動し、地面を隆起させて三人を土の直方体で包み込んだ。そして『身体能力強化』で自分自身を強化し、土の直方体を持ち上げて階段のほうに走る。

「なッ！」

突如として足元の地面がパックリと割れて、大穴ができた。

足を踏み外し、危うくそこに落ちかける。

「ッ!!」

俺は咄嗟に風属性魔法を発動して、自らの後方に爆風を発生させた。

風の勢いで俺の体は土のブロックごとブワッと持ち上がり、なんとか穴の崖部分に足をかけることができた。

そこから勢い良くジャンプし、穴に落ちる危機から脱する。

着地して前方を見ると、階段があった。

あれほど激しい揺れがあったというのに、どこも崩れたり壊れたりしていない。揺れも、もう収まりだしている。

「迷宮の階段は何があっても壊れない、と冒険者の人から聞いたことがあるけど、その通りみたいだ。ふう、とにかくなんとか助かりそうだ……」

安堵した一瞬の油断を、迷宮が見逃さなかったのだろうか。

なんの前触れもなく、今までで一番大きな揺れが起きた。

足元が真っ二つに割れ、「あっ」と思ったときにはすでに、体が急降下する感覚に陥る。

――さっきみたいに風属性魔法を使っても、今度は助からない。

「クソッ！」

一瞬で悟った俺は、ほとんど無意識に持っていた土のブロックを階段のほうに投げ飛ばした。

「きゃっ！」

「うっ！」

中のレティシアさん達が驚きの声を上げた直後、ズシン！　という着地音が聞こえる。どうやら、無事に階段のほうに落ちたみたいだ。

土のブロックは今の衝撃で壊れただろう。これでみんなは迷宮を脱出できるはず。

みんなと一緒に落ちるより、俺一人だけ犠牲になればいい。

「「「ラルク君ッ！」」」

上方から三人の声が聞こえる。

その声を聞いて、こんな状況なのになぜかホッとした。

そして俺は安心感とともに、地の底へと落ちていった……

◇

「……なんとか死なずに済んだ……のかな？」

軽い衝撃のあと、背中に地面の感触があることを確認して、俺はギュッと閉じていた目を開ける。

落ちている間、俺は駄目元で風属性魔法を放出し続け、落下速度を抑えていたのである。

俺の魔力が尽きるのが先か、穴の底に辿り着くのが先か……賭けだったが、どうやらうまくいったようだ。

ただ、めちゃくちゃギリギリだったということは、俺の体に残っている魔力量で分かる。あと穴が十メートル深かったら、先にこちらの魔力がなくなって死んでいただろう。

身を起こして、周りを確認してみる。

「……何層だ、ここ？」

なんとなく、六層や七層程度の位置ではなさそうだ。

というのも、先ほど五層で体感したものと同質の気配を、五層にいたときよりも遥かに強く感じるのである。

「……暫定的に〝下層〟とでも呼ぼうかな。あんまり意味はないけど……」

さて、せっかく命を拾ったのだから地上に帰らないとね。

そう思って上を見上げたのだが……

「うわぁ……ご丁寧に塞がれてるよ」

どういうわけか、地割れの穴が綺麗に修復されていた。こうなると、別の帰り道を探さないといけない。

「食べ物は何かあったときのために大量に持ってきているけど、どうやって帰ろうか……あ、そうだ」

不安な気持ちの中、俺はふと思い出して心の中で呼びかける。

すると、呼びかけに反応してシャファルが人間の姿で外に出てきた。一人でいるよりも誰かにいてもらったほうが心強いよな。

シャファルはゆっくりと周囲を見回したあと、のんびり口を開く。

「ラルクは本当に忙しい奴じゃのう。聖国を相手に喧嘩したあとは、迷宮の地下に取り残されるとはな」

「俺だって好きで落ちたわけじゃないよ。それより、シャファル。ここから地上まで天井を壊せたりしない？」

「今の我では無理じゃ。多少は壊せるが……」

シャファルはそう言ったあと、いきなり近くの壁に向かってブレスを放った。

かなり大きな音が響くが、轟音とは裏腹に壁にはあまりダメージが入っていない。

「転生したばかりで本調子じゃないからの。こんな風にちょびっとだけしか壊せないんじゃ」

ケホケホと咽せながら、シャファルが言った。

「なるほど……一応聞くけど、シャファルって転移魔法は使えないよね？」

「うむ、まだ使えぬ」

「そっか」

最後の望みとまでは言わないが、また一つ上に戻る方法がなくなった。

まあ無理なら仕方ない。階段を探して一層ずつ上がって帰るか。

思考を切り替え、俺達は迷宮の下層を歩き始めた。


下層の探索を始めてから一時間ほどが経った頃。

俺は今、下りの階段の前に腰を下ろし、休憩している。そう、上りじゃなくて下りのほうを先に見つけちゃったんだよね。

幸い道中で魔物に遭遇することはなかったのだが、下り階段を見たときはかなり精神的ダメージを食らった。肉体的な疲労が溜まっていたのもあり、一旦休息を取ることにしたのである。

回復するのを待つ間、俺はシャファルに尋ねる。

「はぁ、でもあの揺れはいったいなんだったんだろう？」

「……これは推測じゃが、我らが今いるこの下層部分で何かが起きたんじゃろう。その衝撃の余波が、上まで伝わったんじゃと思うぞ」

「……うん、俺もそんな気がする。だって揺れが起こる直前に感じた気配を、ここだともっと強く感じるからね。関係がないとは考えられないよ」

気配の正体が気にはなるが……今は地上に帰ることを優先するべきだろう。

俺はため息をつき、立ち上がって探索を再開する。

休憩したおかげで体力が戻った。

さっさと階段を探そうと曲がり角を曲がったそのとき——

「ッ!!」

運悪く、下層の魔物に出会ってしまった。

人間の女性のような姿をしているが、両腕部分から翼が生えており、下半身は鳥のような格好をしている。

こいつは、ハーピーと呼ばれる中位の魔物だ。魔力が枯渇(こかつ)しかかっている今の俺だと、分が悪い。

『鑑定眼』を使ってみたら、30レベルを超えていた。なんでC-ランクの迷宮にこんなのがいるんだ！

「ふむ。ラルク、ここは我に任せておけ」

シャファルがずいっと前に出て、頼もしいことを言ってくれる。

なんか死亡フラグっぽいなとも思ったが、普通に一発でハーピーを倒した。流石は伝説の銀竜だ。

ハーピーの死体を『便利ボックス』に回収し、先へ進む。

ハーピーを倒したあとも、探索中に様々な魔物が出てきて戦闘になった。時にはオーガといった強力な魔物も出現したが、シャファルの一撃によって瞬殺される。

俺はシャファルのパンチで吹き飛ばされて絶命したオーガを見ながら、ポツリと言う。

「シャファルがいて本当に良かったって、今ものすごく感じてるよ。飯抜きの罰はもう解くから、あとで一緒に食べよう」

「ふむ、それは今までありがたいと感じてなかったということかのう？」

「そんなことないよ。聖国に行くときは、移動手段として重宝（ちょうほう）したしね」

「我は便利な乗り物ではないぞ!?」

シャファルと漫才めいたやり取りをしながら下層を進み——

急にあの気配が強くなったのを感じて、俺達は会話をやめて極限まで気を張った。

気配は、俺のすぐ前方にある角を曲がった場所から発されている。

俺はシャファルと目を合わせて頷き合い、慎重に先に進む。

そして曲がり角を覗き込むと、地面にうつ伏せで倒れている人が見えた。

それと同時に、俺はようやく気配がどういった種別のものだったのかを悟る。

あの人物から放たれているのは、殺気だ。

なんで倒れている人から殺気が出ているのかは分からないが、とにかくこの殺気が原因で迷宮が揺れを起こしたに違いない。

するとシャファルがヒソヒソ声で尋ねてくる。

「どうするのじゃ？　我としては近付かんほうがよいと思うのじゃが」

「う～ん、そうは言ってもなぁ……明らかにヤバそうなのは百も承知だけど、倒れている人は介抱してあげたほうがいいと思うんだ」

「あんなに殺気を出しておるのにか……本当にラルクはお人好しじゃのぅ」

「何かあったときのためにいつでも逃げられるようにしておきつつ、声をかけてみようか」

「うむ」

俺達は一歩一歩倒れている人に近付き、恐る恐る話しかける。

「あの～、生きてますか～？」

「……」

返事はない。

呼吸音は聞こえるので、生きているようではある。

この人は俺と同じように上から落ちてきた人なのか、それとも元々ここにいたのか……

後者だとすれば、普通の人間ではないだろう。いや、こんな殺気を出している時点で普通ではないんだけどさ。

とりあえず、もう一歩だけ近寄ってみる。

すると、倒れている人の体がビクンッと反応し、顔だけをこちらにギュルンと向けた。

その人物は、黒髪黒目のとんでもなく綺麗な女性だった。この世の者とは思えないほどの美貌だ。

美しい女性は濡れた瞳でこちらを見つめ、端整な唇をゆっくりと動かし……

「た、食べ物、ちょう、だい……お腹が……減って……」

なんとも残念な言葉を口にした。

「……まさか行き倒れだったとは」

独り言を呟きつつ、『便利ボックス』から要望通り焼きおにぎりを取り出して女性の口元に運んだ。

女性は近付けられたおにぎりを迷いなくパクッと食べ、続けて二口、三口とパクパク食べる。

あっと言う間に完食したと思ったら、おにぎりを持っていた俺の手まで舐め始めたので、冷静にスッと引いた。

女性は身を起こし、先ほどの残念な姿を見せたのと同じ人物とは思えないほど優雅に微笑む。

「ありがとう、とても美味しかったわ。生まれてから数千年、こんなに美味しいものを食べたのは初めてよ」

「は、はあ。それはどうも……ん？」

この人、今なんかとんでもないことを言わなかったか？

いや、気のせいだろう。俺の空耳に違いない。

気を取り直して、俺は女性に尋ねる。

「ところで、あなたはどうしてこんなところで行き倒れていたんですか？　それもあんなに強い殺気を出しながら」

「へっ？　殺気？」

キョトンとする女性に、シャファルが言う。

「うむ、辺りの魔物が逃げ出すほどの、な。今も出しておるぞ」

「あら、私ったら……お腹が空いちゃうと、ついつい機嫌が悪くなるのよね」

女性は恥ずかしそうに言って、出していた殺気をひっこめた。

機嫌が悪いだけであんな殺気を？　この人、謎すぎる……

ひとまず話は通じそうだし、もうちょっと聞き出してみるか。

「あの、少しだけ質問してもいいですか？」

「ええ、助けてもらった相手だもの。いいわよ」

「ありがとうございます。それじゃあ……最初にあなたの名前を教えてもらえますか？　俺の名前はラルク。こっちはシャファルって言います」

「私の名前はゼラよ。よろしくね、ラルク君にシャファル君」

ゼラと名乗った女性に、シャファルが頰をポリポリと掻きながら言う。

「うむ、ゼラよ。我には君付けはやめてもらえぬか？　こう見えても長生きしておるのでな」

「でも、シャファル君より私のほうが年上よ？　だって、銀竜シャファル君が生まれる前から、私は存在しているもの」

ゼラさんの言葉に、俺とシャファルは同時に「なっ！」と驚きの声を上げる。

「シャファルより長生きって……さっきゼラさんが言っていたのは俺の空耳じゃなかったんですね」

俺が言うと、シャファルは「いや」と言って女性を警戒しながら言葉を続ける。

「ラルク、重要なのはそこではない。この者、人間の姿をしている我を見て『銀竜』と言いおった。我の正体を知っておるようじゃが、何者なんじゃ、お主は！」

「あら、分からないかしら？　私はね、悪魔よ」

「ッ！　ラルク、この者から離れるんじゃッ！」

ゼラさんが悪魔と名乗った瞬間、シャファルは俺の腕を掴んで彼女から距離を取ろうとした。

しかし、すぐにゼラさんは後ろに回り込んで退路を塞いでしまった。速すぎて動きが見えなかった。

「逃げないでよ～。普通にお話ししてるだけでしょ～」

ゼラさんが可愛らしく頬を膨らませてシャファルに言った。

「お主のような存在と関わると、災いしか起こらん！　今すぐ道を開けろ、さもなければ……」

シャファルが大きく息を吸い込み、ブレスを放とうとする。

「待って、シャファル。別に逃げなくてもいいだろ」

俺が慌ててシャファルを止めると、ゼラさんが意外そうな顔をした。

「あら、ラルク君は優しいのね。普通は悪魔と出会ったら逃げないほうがおかしいんだけど……ラルク君は悪魔がどういう存在か知らないの？」

「え～っと……知ってますよ」

そう、昔この世界のことを勉強した際、フィアさんから悪魔という種族についても教わっている。

悪魔、それはこの世界にいる種族の中の一つであり、神に匹敵する力を持つと言われている存在だ。

希少度は竜種より高く、その実態はほとんど謎。普通、人間が悪魔に会うことなどない。

悪魔について一つだけ分かっていることといえば、神が善性の存在であるなら、悪魔は文字通り悪性の存在ということだけ。強大な力を用いて、世界にあらゆる厄災をもたらすと書物には書かれていた。

頭では危険極まりない存在だと分かっているのだが……

ゼラさんは小首を傾げて、俺に問いかける。

「知っているのに、ラルク君には逃げる素振りがないわね。どうしてかな？」

「なんというか、ゼラさんからは敵意が感じられないんですよね」

「あら、正解。じゃあついでに、今私が何を考えているか分かるかしら？」

試すように言うゼラさんの目をじっと見て、俺は答える。

「……『さっき食べた焼きおにぎりをもう一個食べたい』ですかね？」

その場に沈黙が流れる。シャファルは心底呆れたような目つきを俺に向けていた。

外したか……？　と思っていたら、ゼラさんはいじけたような表情になって口を開く。

「あらら、顔に出ていたかしら？　でもしょうがないわよ。あんなに美味しいものを食べたのは初めてだもの」

良かった、合っていたか。

すると、ものすごい形相のシャファルに肩を掴まれた。

「ラルク、お主はなんで普通に悪魔と話しておるのじゃ！　危機感はないのか！」

「別に悪魔だからって、理由もなく敵対するのはおかしいだろ？　ゼラさんはこうしてコミュニケーションを取ってくれているんだから、シャファルも少しは落ち着きなよ。それに、シャファルと初めて出会ったときのほうが俺は命の危険を感じたぞ」

シャファルは俺を無理矢理拉致して自分の棲み処に引っ張ってきた上、最初に俺の前に現れたときは巨大な竜の姿をしていた。あのときは頭から食べられるかと思ったな～。

「うぐっ、しかしだな……」

そのときのことをシャファルも思い出したのか、ちょっぴり苦々しい表情になる。

「いいのよラルク君。悪魔と聞いて逃げ出すのは当然だもの。でもシャファル君、少しは私の話も聞いてくれないかしら？」

ゼラさんがそう言うと、シャファルは少し考え込んでから「うむ、分かった」と渋々返事をしたのだった。

3 迷宮脱出

ゼラさんが「落ち着いて話せる場所はないかしら」と言ったので、俺達は先ほど休憩を取っていた下り階段の場所まで戻ってきた。道のど真ん中にいるより、ここのほうが魔物に襲われる可能性は低い……と思う。まあ、少なくとも挟み撃ちとかの危険はないだろう。

「ラルク君、さっきの……焼きおにぎりだったたっけ？　あれはまだあるかしら？」

下り階段に着くなりゼラさんにそう言われたので、便利ボックスから焼きおにぎりのストックを取り出す。ついでだから俺やシャファルの分も出し、みんなで食べることにした。

シャファルは歩いている途中ずっとゼラさんを警戒していたが、俺が焼きおにぎりを渡すとゼラさんのことなど忘れたかのように夢中になって食べ始めた。食べ物を前にするとこいつは一気に駄竜になるな。

シャファルのことはひとまず放置して、俺はゼラさんと話をする。

「改めて聞きますけど、ゼラさんはなんでこんなところで行き倒れていたんですか？」

「う～ん、それがね。ちょっと恥ずかしい話なんだけど……」

ゼラさんは、言いにくそうに話しだした。

まず、ゼラさんは魔界という悪魔が暮らす世界に住んでいたらしい。

基本的に悪魔は魔界から出ないのだが、たまに俺達のいる人間界に遊びに来る悪魔もいるそうで。

ゼラさんの友人も、人間界に住んでいるのだとか。

「で、ゼラさんはその友達に会いに行こうとして、魔界から人間界にやってきた、と」

「そうなの～」

友人に会うために世界を渡るとは……流石は悪魔、スケールが大きい。

ゼラさんはさらに説明を続ける。

「でも世界を移動する魔法を使うのが久々すぎて、魔力の調整を間違えちゃって……全ての魔力を使い果たした上に、間違ってこの迷宮に出てきたの。そして、魔法の余波を迷宮が吸収して膨れ上がっちゃったのよ」

「なるほど……そのせいで迷宮の階層が大量に生成されて不安定になっていたんですね。そこにゼラさんが殺気を出したことで迷宮が刺激され、大規模な揺れと地割れが起きたというわけですか」

「恥ずかしながら、そうなの。本当にごめんね。ラルク君」

両手を合わせて謝るゼラさん。

「いえ……事故は誰でも起こしますから。謝らなくていいですよ」

話が一段落したところで、ゼラさんは焼きおにぎりを食べ始めた。

「はぁ～、やっぱり美味しいわ～」

感想を述べ、口元を緩ませて食べ進めていく。

俺も焼きおにぎりを齧りつつ、聞いてみた。

「それで、ゼラさんはこのあとどうするんですか？」

「そうね……あの子のところに行くのはまた今度にするわ。魔力を消費しすぎて疲れちゃったし。さしあたってはこの迷宮を脱出しないといけないわね」

「それなら俺達と一緒に行きませんか？」

「何を言っておるのだ、ラルクッ！」

俺の言葉に、美味しそうに焼きおにぎりを食べていたシャファルがグンッとこちらを向いて反論する。

ゼラさんも驚いたように聞き返した。

「いいの？　私、悪魔よ？」

「困っている者同士、助け合うのが一番じゃないですか」

「……ラルク君って、損するタイプの性格してるわね」

「そうですかね？」

すると、笑いながらゼラさんが顔を寄せてきて、耳打ちしてくる。

「ええ、だって悪魔を助けるなんて前代未聞よ。ラルク君は転生者だから、この世界の人とは違う考え方を持っているのは分かるけど、流石にもう少し警戒心を持ったほうがいいと思うわ」

「ははは、肝に銘じておきます……はい？」

今、ゼラさん、俺のことを〝転生者〟と呼んだか？

動揺しつつ、ゼラさんに耳打ちし返す。

「あの、なんで俺が転生者って分かったんですか？」

「えっ？　そりゃ魂の形を見れば分かるわよ。ラルク君の魂には一度死んでいる痕跡があったからね。すぐ転生者だって分かったわ」

「悪魔って魂の形を見ることもできるんですか？」

「一部の上位悪魔はね。こう見えて私、強いのよ？」

ゼラさんが俺から顔を離してそう言うと、その言葉を聞いたシャファルが俺の肩を掴んで睨んできた。

「ラルク、上位悪魔を連れ歩くなんて、お主はどうかしておるぞ」

「ねぇ、シャファル君って私のことが怖いの？」

「ッ！　怖いわけではない、ただお主の存在は危ないと言いたいんじゃ！　この世に自由に行動できる悪魔がおるとなれば、世界は恐怖に落ちるであろう！」

「……あら？　それなら、私が自由に動けなければいいのね」

ゼラさんは顎（あご）に手を当てて少し考え事をしたあと、俺の手をそっと掴む。

「ちょっと、ラルク君の力を借りるわね？」

そう言った瞬間、ゼラさんの手から何かが流れ込んできて、体がドクンッと反応した。

「貴様、ラルクに何をしておるッ！」

「そんなに怒らないでよ。ほら、これからはラルク君の従魔同士、仲良くしましょう」

ゼラさんはドレスに隠れていた二の腕をシャファルに見せる。

俺も見てみると、そこには従魔の紋章が出現していた。

俺は驚いてゼラさんに尋ねる。

「もしかして……俺の特殊能力を強制的に発動したんですか？」

「ええ。私が従魔になれるように、少しだけ改良も加えてね」

改良だって？

慌ててステータスを確認してみる。


『悪（あく）・神従魔魔法（しんじゅうまほう）』

全ての魔物・神獣（しんじゅう）・悪魔を使役（しえき）することが可能になる。

従魔になるかどうかは対象の意思に委ねるので失敗することもある。

「……神様からもらった特殊能力まで書き換えられるんですね」

悪魔が神に匹敵する力を持つ、というのは本当のようだ。

「ええ、でも今のでせっかく回復した魔力を使っちゃったから、今度こそしばらくは何もできないわ。シャファル君、これなら一緒に行動してもいいでしょう？」

ゼラさんが言うと、シャファルは苦虫を噛み潰したような顔をする。

「……もう、我は知らん！　ラルク、お主もこれから大変な目に遭うからなッ！」

「あはは……そのときはシャファルの力を借りようかな」

「……まあ、我がいる限り、好き勝手にはさせん」

なんだかんだ、シャファルもゼラさんのことを認めたようだ。

「それじゃ、これからよろしくね。ラルク君」

「はい、よろしくお願いします。ゼラさん」

俺はゼラさんと固い握手を交わした。

それから昼食の後始末をして、上り階段を見つけるために探索を再開した。

ゼラさんとシャファルのおかげで、安心して歩くことができる。魔物と出会っても、二人が瞬殺してくれるし。

あれほどゼラさんを嫌っていたシャファルだが、意外と戦いでは息が合っていた。この分だと、いいコンビになれそうだ。

大して苦労せず、俺達は上り階段を見つけることができた。

「地上まで、あとどれくらいだろう?」

階段を上りながらポツリと言ったら、シャファルが答えてくれる。

「まだまだ道のりは遠いじゃろうな。悪魔の魔力を吸収したのじゃ、新たに生成された階層は一層や二層程度ではあるまい」

「そっか……でも、シャファルとゼラさんがいてくれるから、道中は安心できるよ」

「まっ、この程度の魔物なら苦戦することはなかろう」

シャファルが言うと、ゼラさんも頷く。

「そうね。魔法が使えなくても、このくらいなら私でも勝てるわ」

なんとも頼もしい。

その後も順調に探索し、一時間ほどで五層分の階層を上ることができた。

しかし、全然地上には出ない。それどころか、アスラ達と訪れた五層にも着いていない。

また上へ続く階段を見つけ、いい加減疲れてきたな……と思っていたら、シャファルが仮眠を勧めてくれた。無理しても危ないので、大人しく休むことにする。

俺は土属性魔法で壁を作り、地面に横になる。俺が眠っている間の見張りはシャファルとゼラさんがやってくれるそうだ。ちょっと申し訳なかったが、二人とも寝なくても全然平気らしいので素直に甘えておく。

俺は目を閉じて、すぐに眠りに落ちたのだった。

しばらくして目を覚まし、ゆっくり身を起こす。

「ん～……シャファル、俺どれくらい寝てた？」

「うむ、五時間ほどじゃな」

「そっか、それだと下層に落ちてから大体六時間以上経ったのか……」

そうするとそろそろ、レティシアさん達は王都に帰って、義父さん達に俺が落ちたことを知らせている頃だな……

明日にでも義父さん達が救出に来てくれるかも。なるべく早く合流するために、少しでも上の階層に行っておこう。

土属性魔法を解除して階段を上ろうとしたそのとき。

コツ、コツと上から誰かが下りてくる音がした。

俺達が警戒しながら階段の先を見上げると――

なんと、やってきたのはイデルさんだった。助けに来るかもとは思ったが、こんなに早く会えるとは。

「ラルクッ！」

イデルさんは俺と目が合うと、急いで下りてきた。その勢いのまま肩を掴んでくる。

「大丈夫か？　どこか怪我してないか？」

「はい、俺は大丈夫です。それよりイデルさん、どうしてここに？　いや、俺を助けに来てくれたっていうのは分かるんですけど、なんでこんなに早く来られたんですか？」

「この迷宮近くの村に用事があって転移魔法で訪れたら、偶然血相を変えて馬車に乗り込もうとしていたレティシアちゃん達に会ったんだよ。で、事情を聞いたあとに彼女達を王都に送り届けて、俺が一人でお前を探しに来たんだ」

イデルさんはそこで一旦言葉を切って首をポキポキと鳴らし、話を続ける。

「それにしても、ここ本当にC-ランクの迷宮なのか？　やたらと深かったんだが」

「実は色々と事情があって……今度ゆっくり説明しますよ」

「そうか。ラルクは本当にいろんな面倒事に巻き込まれるな。不幸体質なのか？」

冗談めかした口調でそう言うイデルさんに、シャファルが「そうかもしれんの」と同意する。

「んっ、お前はシャファルか？」

「うむ、我じゃよ。久し振りじゃな、イデル。聖国に攻め入ったとき以来か」

「ふーん。お前、ちっちゃくなったり人間になったり、忙しい奴だな。それで、そっちの人は？　ラルクと一緒に迷宮に落ちた奴か？　というか、人なのか？」

イデルさんがゼラさんに視線を向けた。しかも人じゃないってバレてるっぽい。

「初めまして。私は……」

「ちょ、ちょっと待ったゼラさん！」

優雅に自己紹介を始めようとしたゼラさんの口を慌てて塞ぎ、俺はシャファルに念話で聞く。

（どうしよう、シャファル？　なんて説明すればいいかな？）

（どうしようと言われても我は知らんぞ……じゃがまあ、流石に悪魔であるとは言えぬし、我のように人化できる魔物だと説明すればよいじゃろ）

なるほど、ここはその意見に乗っかろう。

「えっと、この人はゼラさんと言って、実は俺の新しい従魔なんです。今は人に変身しているんです。ね、ゼラさん」

さりげなく念押ししつつゼラさんの口から手を放す。

ゼラさんは心得たような顔をして、自己紹介を再開した。

「よろしくお願いします。ゼラと申します。縁あってラルク君と従魔契約を結びましたの」

「そうか、ラルクをよろしく頼む。迷宮に落ちたと思ったら、人に変身できるほどの高位の魔物を従魔にするとは、ラルクは運がいいのか悪いのか分からんな……おっと、それより早く帰らないと。どうせ今頃、グルドさんがまた暴走しているだろうし」

イデルさんはそう言ったあと、俺に手を差し出してきた。

「ほれ、ラルク。掴まれ。転移するぞ」

「あ、はい、分かりました。じゃあ、シャファルとゼラさんは俺の中に入って」

俺が言うと、シャファルとゼラさんは頷いて俺の体の中に入る。悪魔のゼラさんがちゃんと俺の中に入れるかちょっと心配だったけど、杞憂だったな。

俺はイデルさんの手を掴み、それと同時にイデルさんが転移魔法を発動する。

こうして、俺は初めての迷宮探索を終えたのだった。

イデルさんが転移した先は、冒険者ギルドのマスター室だった。

俺が扉を開けようとした瞬間、中から誰かが飛び出してきてぶつかってしまい、互いに尻もちをついた。

「いたたた……」

「すまん、誰かいたのか……ってラルク!?」

目の前にいたのは義父さんだった。

義父さんの叫び声が聞こえたのか、マスター室の扉からフィアさんとララさんがひょこっと顔を出す。そして、俺を見て安心したような表情を浮かべた。

「良かった、イデル君が見つけてくれたのね。とりあえず、中に入って」

フィアさんにそう言われたので、立ち上がって義父さん、イデルさんと一緒に部屋の中に入る。

ソファーに座ったあと、ララさんに迷宮内で地割れに呑み込まれてから何が起きたのかと聞かれ、一通りの事情を説明した。

ちなみに、ややこしくなりそうだったからゼラさんのことは話さなかった。地割れが起きた原因についても、知らないふりをする。

ちょっと心苦しいけど、余計な心配をかけたくはない。イデルさんも特に何も言わなかった。

俺が話し終えると、フィアさんが口を開く。

「そう……迷宮が揺れを起こすなんて初めてのことだったから、心配していたのよ。五層にいた他の冒険者は穴に落ちずに帰還したって報告は受けていたけどね」

「心配をかけてすみません……みんなを助けなきゃって夢中になっていて」

そう言うと、義父さんが言う。

「ラルクの行動を咎めるつもりはない。しかし、無茶だけはしないでくれ」

義父さんの顔を見ると、目を少し腫らしていた。

「はい、ごめんなさい……」

その後、ララさんからレティシアさん達がギルドの一階にいると教えてもらい、マスター室を出てみんなに会いに行く。

テーブルに座って不安そうな表情をしていた三人に声をかけると、泣きながら駆け寄ってきて、そのまま抱き着かれた。

俺も抱きしめ返し、心配をかけてしまったことを謝る。

再会の喜びが落ち着いたあと、俺達はギルドを出て別れる。

もう日は落ちていて、辺りはすっかり暗くなっていた。

リンと一緒に帰り道を歩いている際、話しかけてきた。

「ラルク君、遅くなったけどあのときは助けてくれてありがとう。でも、もう二度とあんな無茶はしないでね」

「うん、分かってる。これからは気を付けるよ」

家に着き、俺とリンはそれぞれの私室に入る。

ベッドに腰かけると、ゼラさんが外に出てきた。

「あ、ゼラさん。さっきは話を合わせてくれてありがとうございます」

「ううん、大丈夫よ」

「ゼラさんのことは明日義父さんや他の皆さんに紹介しますね。今日は色々とあったから、義父さん達の頭が追いつかなくなると思ったので話さなかったんです。流石に悪魔だってことは言えないですけど……」

「いいえ、それで構わないわ。存在を隠さないでくれてありがとう。私、寂(さみ)しいのは嫌いだもの」

ゼラさんは安堵した様子でそう言うと、俺の中に戻っていった。

それと入れ替わりで、シャファルが外に出てくる。

「どうしたんだ？」

「ゼラはお主の中で魔力を吸収して自身の魔力を回復するからの。我は外に出ていたほうが回復するスピードが速いんじゃ。じゃから、今日は外で寝る」

「へぇ……優しいじゃん。最初はあんなに敵意むき出しだったのに」

「まあ、ゼラがラルクの従魔になった以上、我も先輩として最低限の礼儀を見せてやらんとな。ラルク、布団を出してくれぬか」

「分かった、ちょっと待ってて」

『便利ボックス』から寝具を取り出して、床に敷く。

シャファルはそこに横になって眠った。

（なんだかんだ、シャファルはいい奴だよな……）

そう思いながら、俺は寝る前にお祈り部屋に行き、日課のお祈りをする。

と、次の瞬間、俺はいきなり神界に移動していた。

なんだ？　と思ったら、目の前にサマディさんがいることに気付く。珍しく怒っている様子だった。

「……ラルク君」

「うッ……」

その声音に思わず怯んでしまう。多分、俺がゼラさんを従魔にしたことを怒っているんだろう。

俺はすぐに頭を下げ、「ごめんなさいッ！」と謝る。

すると、サマディさんはため息をついて、やれやれといった口調で話しだす。

「……ラルク君がお人好しなのは分かっていたけど、まさか悪魔まで助けるなんて思わなかったよ」

「すみません、放っておけなくて……」

「うん、まあ君の優しい心を否定するわけではないよ。幸いゼラという悪魔はラルク君のことを気に入っているみたいだし、どんな気まぐれかは分からないけど君と従魔契約を結んだからね。しばらく心配はいらないだろう……とはいえ、今回が異例中の異例だということを忘れてはいけないよ」

「……」

サマディさんの言葉を、俺は頭を下げながら聞く。

「まあ、私もこれ以上は言わないけど、今後はもう少し考えて行動してほしい。ゼラが空腹というだけで殺気を周囲に撒き散らしていたことは忘れていないだろう？　その殺気が君に向かなかったのは、奇跡と言っていいんだ」

「はい、分かりました……」

その後、俺はお祈り部屋に戻された。

サマディさんがあんなに言うってことは、悪魔は本当に危険な存在なんだな。

次からは気を付けよう……次の機会があるかは分からないけど。

俺は自室のベッドに横になり、眠りに就いた。

◇

次の日の朝、目を覚ますと真横にゼラさんがいて、驚いてベッドから落ちてしまった。

「いててて……」

「あら、驚かせた？　ごめんね～」

ゼラさんは「てへっ」と笑い、こちらに手を差し伸べてきた。

俺はその手を取り起き上がる。

「まったく、驚かさないでくださいよ……」

「ラルク君の寝顔を見たいなって思っちゃって、つい」

「……まあ、別にいいですけど」

あっけらかんと言われて、毒気を抜かれてしまった。

「朝からうるさいの～」

床で寝ていたシャファルがむくりと起き上がった。そして俺とゼラさんの顔を交互に見て、俺の体に入ってしまう。ゼラさんが外にいるから、中で二度寝するつもりか。

寝間着から普段着に着替え、部屋を出る。

ゼラさんも付いてきたので、ちょっと迷ったが特に何も言わないことにした。義父さんとリンには朝食のタイミングで紹介しておこう。

リビングに行くと、義父さんとリンがすでに起きて朝食の準備をしていた。

義父さんとリンはこちらを向いて「おはよう」と言ったあと、怪訝(けげん)な顔をする。

「ラルク、その女性は知り合いか？」

「ものすごく綺麗な人だね～」

「こちらの方はゼラさん。今は人間の姿をしているけど、迷宮で新しく仲間にした従魔なんです」

俺がそう紹介すると、義父さんが目を丸くした。

「つまり……人化できる高位の魔物か？　昨日はそんなこと言ってなかったが……」

「落ち着いたときに改めて話そうと思ったんです」

「そうか……ゼラさんと言ったか？　いったいどうしてラルクの従魔になったんだ？」

義父さんがゼラさんに尋ねると、彼女は上品な口調で答える。

「はい、実は私が迷宮で行き倒れているところを、ラルク君に助けていただいたんです。彼の優しさに触(ふ)れ、彼ともっと一緒にいたいと思って従魔契約を結びました」

……ゼラさん、すごく良く口が回るな。悪魔ってみんなこうなのか？

義父さんもとりあえずは納得したようだ。

「そうだったのか……確かにラルクは優しい子だが」

「ええ、本当にお優しいですわ。なんと言ったって、私のような悪魔にすら食べ物を施(ほどこ)してくださるんですもの」

「「え？」」

俺、義父さん、リンが同時に声を出した。

ちょ、待て待て！　さっきまで完璧だったのに、なんでいきなりボロを出すんだよ！

「あ、いけない。これ、内緒だったわよね。ごめんね～ラルク君」

俺の部屋でのときと同じように「てへっ」と笑うゼラさん。ただ、今回は笑い事では済まされない。

というか、わざとじゃないよな？　こういう掴みどころのなさは悪魔であるからなのか、単にゼラさんの性格なのか……

「……ラルク、いったいどういうことだ？」

真剣な表情で義父さんが聞いてきた。

こういうときの義父さんには、誤魔化(ごまか)しは利かない。

俺は観念して、全てを正直に話すことにした。

説明し終えると、義父さんはおもむろに口を開く。

「……ラルク、お前は悪魔がどういう存在か知っているよな？」

「……はい」

「……なのに、従魔にしたのか？」

「……はい」

「正確に言うと、私が進んで従魔になったんです。ですから、ラルク君を責めないであげてくださいな」

ゼラさんが横から俺をフォローすると、義父さんは頭を抱えてしまった。

一方で、リンは悪魔という存在を知らないらしく、ほのぼのとゼラさんに挨拶している。

「私の名前はリンです。よろしくお願いします」

「よろしくね～リンちゃん」

二人ともニコニコしている。

そんな彼女達を見て、義父さんは大きなため息をつく。

「……ったく、ラルク。こいつを知っているのは俺とリンだけか？」

「あとはシャファルとイデルさんだけです。ただ、イデルさんにはゼラさんが悪魔だということは知らせていません」

「それで正解だ。あいつが知ったら何が起こるか分かったもんじゃない……このことは俺とリンとの他には、信頼できる仲間にしか言っては駄目だ。特に、マスターとか国王のアルスとかにはなるべく秘密にしておけよ。間違いなく厄介なことになるからな」

「はい、分かりました」

「ただ、同じパーティメンバーのレティシアちゃんやアスラ君には言っても大丈夫……というか、言っておいたほうがいい。すでにリンちゃんは知ってしまったし、メンバー間で秘密を作るのは良くない」

「確かにそうですね……ありがとうございます、義父さん」

義父さんは俺の頭にポンッと手を置き、ゼラさんのほうを見る。

「これからラルクをよろしく頼むな。ラルクは何かと首を突っ込む性分だし、色々なことに巻き込まれやすい子だ。大変だろうけど、従魔として守ってやってくれ」

「はい、もちろん。私の主ですから」

ゼラさんはにっこりと笑い、義父さんと握手を交わした。

その後はみんなで朝食を食べ、ゼラさんには俺の中に戻ってもらってリンと一緒にギルドに向かう。昨日、別れ際に約束していたから、レティシアさんもアスラもギルドにいるはずだ。

ギルドでレティシアさん達と合流し、フォレストウルフの討伐依頼を受ける。そして四人で王都の外に出て森に向かった。

一時間ほどで討伐を終え、さりげなく森の奥に行く。

「……リン、この辺りに人や魔物の気配はない？」

「うん、大丈夫だよ。ここで二人に話すの？」

「んっ？　何か僕達に話すことがあるの？」

俺とリンのやり取りに、アスラが反応した。

「うん、ちょっとね」

俺は迷宮に落ちてからのことを話し、ゼラさんを呼び出す。

「彼女が昨日、俺が迷宮の下層で従魔にした悪魔のゼラさんだよ」

「はーい、ご紹介の通り悪魔のゼラさんですよ。レティシアちゃんとアスラ君。よろしくね～」

ややハイテンションで挨拶するゼラさん。

「ゼラさん、普通通りでお願いしますよ」

「あら、レティシアちゃんもアスラ君も緊張してたから、こういうほうがいいかなって思ったのよ」

ゼラさんはそう言って二人を見つめた。

レティシアさんとアスラが助けてほしそうな視線を向けてきたので、俺はゼラさんに落ち着くように言い、改めてゼラさんが従魔になった経緯を説明する。

「さ、流石にラルク君でも悪魔を仲間にするとは思わなかったよ……」

説明をし終えたら、まずアスラがそう言った。

「ラルク君の料理は、どんな凶暴な魔物でも手懐けられそうなくらい美味しいもの。悪魔だって仲間にできるわよ」

ゼラさんが笑顔で言うと、アスラも「あ、それは分かる気がします」と笑みを浮かべた。

そんなところで意気投合するとは思わなかった。

「じゃあ、ラルク君は従魔が二体に召喚獣を一体持ってるんだね。すごいな～」

レティシアさんが羨ましそうに言った。

「レティシアさんには召喚獣はいないんですか？　学園の必修授業ですよね」

レティシアさんは学園の卒業生だから召喚獣と契約しているはず。

そう思って聞いたのだが……

「私、魔法が苦手だから召喚獣と契約できなかったんだよね……」

と言われてしまった。藪蛇（やぶへび）だったか……

すると、なぜかゼラさんが涙を流し始めた。

「それは辛かったわね。レティシアちゃんさえよければ、私の部下を呼び出して契約することもできるわよ？」

そして、ものすごい提案をした。

なお、レティシアさんはやんわりと提案を断った。まあ、悪魔の部下と契約するのって怖いよな。

ちなみにリンとアスラは学園に通っていないので、二人とも契約している召喚獣はいない。

「それにしても、どんどん戦力過多になっていくな……」

俺はポツリと独り言を呟いた。

銀竜シャファルに悪魔のゼラさん。この二人がいるだけで、国だって潰せるだろう。

（まあ実際、この間、国と喧嘩になったときには俺とシャファルで一度潰しかけたわけだし）

そんなことを考えていたら、ゼラさんがずいっと顔を突き出してきた。

「えっ？　ラルク君、国を相手に戦ったことがあるの⁉」

従魔契約をした影響で、心の声が聞こえていたらしい。

「ええ、まあ。以前、聖国と少しだけ」

「聖国って、聖国ミラレティア？　超自分勝手な女神が治めているところよね。あそことやっちゃったの？」

「はい、義父さんが攫われたことがあって。今その女神は神界の牢獄（ろうごく）に幽閉（ゆうへい）されてますよ」

ゼラさんは俺の言葉を聞くと、「ぷっ」と噴（ふ）き出して高らかに笑った。

「あははは、やっぱりラルク君の従魔になって正解だわ。こんなに面白い話を聞いたのは久し振りよ」

本当に楽しそうに笑っている。

俺はその笑顔を見て、ゼラさんが俺の従魔になった理由が少しだけ分かった気がした。

4　ゼラとシャファルの対決

レティシアさん達にゼラさんのことを伝えた翌日。

夜明け前だというのに、俺はシャファルに叩き起こされた。

「なんだよシャファル……まだ、日も昇ってないぞ？」

「うむ、すまぬな。ちょっと頼み事があっての」

「ふぁ～……それで、何？」

俺は上半身を起こし、シャファルに用件を聞いた。

はぁ、まったく。こんな時間帯に起こされるって、子供でも辛いんだぞ……

「用件はゼラのことじゃ。我はどうも奴が気に食わん」

「ゼラさんのこと？　え～、シャファルも迷宮では納得したじゃん。これ以上何を言うの？」

「納得はしとらん。ただラルクに何を言っても無駄じゃと悟って、あの場で不毛な反論をするのはやめたんじゃ」

シャファルは「ゴホン」と咳払いをしたあと、言葉を続ける。

「従魔になったと言っても悪魔は悪魔。我がここで一度、しっかりゼラに教育をせんと今後が危険じゃと思ったんじゃよ」

……それってつまり、有力な新入りが入ってきて自分の立場が危なくなったから、自分のほうが上なんだと示しておきたいってことか？

「ようするに、ゼラさんと戦ってどっちが強いのかハッキリさせたいってわけだな」

「それもある」

シャファルはドンッと胸を張ってそう返事した。

それを言うためだけに、朝早くに俺を起こしたのかよ……勝手にすればいいのに……

「……はぁ、分かったよ。ゼラさんには俺から話しておくから、もう少し寝かせてくれ」

そう言って俺はシャファルとの話を切り上げ、ベッドに再び横になった。

次に目が覚めると、すでに太陽が昇っていた。いつもならとっくに起きている時間だ。

完全に寝過ごした俺は、慌てて部屋を出てリビングに行く。

「ラルクが寝坊なんて珍しいな、何かあったのか？」

「おはようラルク君。今日はいつもよりゆっくり起きてきたね～」

リビングでは義父さんとリンが先に朝食を食べていて、二人からそんな風に言われた。

シャファルのせいで寝過ごしてしまったと言いたかったが、結局言い訳なので言葉を堪（こら）える。

「ちょっと昨日は疲れたから寝過ごしちゃいました。リン、俺のご飯はある?」

「あるよ~。用意してくるね」

「ありがとう」

リンが料理をテーブルに並べてくれたので、俺も一緒に朝食を食べる。

その後、用事があると義父さん達に言って家を出た。

向かった先は王都から少し離れた草原。人目に付きにくい穴場的な場所だ。

そこで俺はゼラさんを呼び出して、早朝シャファルに頼まれたことを伝えた。

「なるほどね~。まあ確かにシャファル君は子供っぽいところがあるから、どちらが上か決めるのとか好きそうよね。私は別にいいわよ」

「すみません、シャファルが迷惑をかけて……」

「別にラルク君が謝ることじゃないわよ。それに竜と悪魔のどっちが強いかは、決めておかないとね」

「……」

ゼラさんは先ほどまでの穏やかな雰囲気から一変して、闘争心をむき出しにし始めた。

あれ、もしかしてこの対決って思った以上にヤバいんじゃないのか?

そんなことを思ったが、最早「やっぱりやめよう」と言える雰囲気ではない。

もうどうにでもなれ、という気持ちになり、シャファルを呼び出す。

シャファルは外に出てくるなり、ゼラさんにガンを付けだした。

ゼラさんも余裕の笑みをもって応える。

「えーっと、じゃあ戦う日を決めましょうか」

二人の空気に気圧され、敬語でその場を仕切る俺。

シャファルは転生の影響で力の大半を失っており、ゼラさんは事故の影響で未だに完全に魔力が回復していない。両者ハンデを背負った状態だ。

ちょっと駄目元で提案してみるか。

「お互い本調子ではないことですし、ここは一つ、決戦の日を十年後くらいに設定して……」

「我は別に今すぐにでも構わん。悪魔ごとき、今の我でも十分捻り潰せるわ」

「私も大丈夫よ。完全に魔力が回復してなくても、竜と遊ぶことくらい問題ないわよ～」

「そ、そうですか～……」

二人とも、負けず嫌いすぎる。

とはいえ今すぐこんな場所で戦ったら目立って仕方ないので、流石にやめてほしいとお願いする。

それから少し話し合って、日時は明日の昼、場所はルブラン国領土にある銀竜の山で試合を行うことにした。

銀竜の山はシャファルの縄張り。あそこなら多少暴れても許される。

一応、ルブラン国にはあとでアスラを通して許可を取るつもりだ。

こうして戦う場所と日取りが決まり、その場は一旦解散となったのだった。

解散と言っても、二人とも俺の中に戻っただけなのだが。

それにしても、予想以上に話が大きくなってきたな……


「はあ、明日は大丈夫かな……」

数時間後。俺は自宅の台所で夕食の準備をしながら独り言を呟いていた。

王都に戻ったあと、ギルドにいたアスラに話を通して銀竜の山を使う許可は取った。目的を聞かれたが、シャファルとゼラさんが戦うためとは言えなかったので、ピクニックすると嘘をついた。

ごめん、アスラ。

あの山は近くに村や街がなく、戦いの場所としてはうってつけだ。

しかし、山には魔物が棲みついているので、二人の戦闘に巻き込まれないようにと逃げだし、人里に下りる可能性がわずかにある。そのことにさっき気付いてしまった。

う～ん、場所は確保したものの、被害が出ないか心配だな……

「ラルク君、何か悩んでるの？」

「んっ？　あ、あぁ、いやなんでもないよ」

っと、危ない危ない。リンが近くにいることをすっかり忘れていた。

その後、夕食の席で義父さんに俺が今日何をしていたのかを聞かれた。

正直にシャファルとゼラさんが試合をすると言えば、「国が混乱するぞ！」と怒られそうだと思い、咄嗟にシャファルと戦闘の訓練をしていたと答える。

するとなぜか義父さんが上機嫌になり、「今度、俺と模擬戦をしないか」と言われた。

義父さんと模擬戦することは嫌じゃないので了承し、それに備えて明日もシャファルと訓練してくると言った。

たまたまだが、町を出る口実を作れたので良かった。

◇

翌日。朝食を食べた俺は、王都を出てシャファルに元の姿に戻ってもらい、銀竜の山まで乗せてもらった。

銀竜の山の頂上付近に到着すると、奇妙な光景を目にした。

山の一角が綺麗に整地されており、試合会場みたいなスペースが作られていたのである。

「な、なんだこれ……？」

戸惑っていると、ゼラさんが外に出てきて説明してくれた。

「実はね、私がやったのよ。こっちのほうが戦いやすいかなって思って」

「ゼラさんが？　い、一日でこれを用意したんですか？」

「ええ。正確には私じゃなくて、私の部下なんだけどね。私は下位の悪魔を呼び出すことができるから、昨日のうちに数体召喚して作らせたの」

ゼラさんは笑顔で言うと、全身が黒く小人のような生き物を目の前に出現させた。

なるほど、下位の悪魔はこんな感じの見た目なのか。

「そんなこともできるんですね！」

「ええ、この子達はいわば、私の従魔みたいなものね。魔力を消費することもなくて便利よ」

「フンッ、我だって眷属を使えばこのくらい……」

「あらシャファル君、負け惜しみ？」

「負けてなどおらん！」

シャファルが言い返したら、ゼラさんはくすくすと笑った。

なんだかこの二人のやり取りを見ていると、姉弟のように思えてくる。

まあ、ゼラさんのほうがシャファルより年上らしいから、その通りっちゃその通りか。

とにかく、このままだと何も進まないので俺は二人に呼びかける。

「シャファル、ゼラさん。言い合いはそこまでにして試合を始めましょう」

「そうじゃな」

「ええ、そうね。ごめんねラルク君」

俺の言葉に、睨み合っていた二人は同時に視線を外して五メートルほどの距離を取った。

俺は二人の間に立ち、事前に決めていたルールを改めて説明する。

「え〜っと、もう一度ルールを確認しますね。相手の命を奪うような技を使うのは禁止です。それと、周囲が壊れるようなことも極力控えてください。特にシャファルはブレスを連発して森を焼くなよ」

「なぜ我だけに注意するんじゃ⁉」

シャファルが噛みついてきたので、頬を掻きながら答える。

「いや、ゼラさんは心配いらなそうだけど、シャファルはカッとなってやりかねないから……」

「あら、ラルク君分かってるわね〜。私はちゃんと周りの配慮はするわよ……誰かさんと違って」

「ぐぬぬ……」

笑うゼラさんに、悔しがるシャファル。

こういうやり取りを見ると、喧嘩するほど仲がいいという言葉が思い浮かぶんだけどなぁ。

「それじゃ、始めます……試合始めッ！」

合図の言葉を言った瞬間、俺は全力でその場を離れた。

すると、一瞬でシャファルとゼラさんがお互いの距離を詰め、先ほどまで俺がいた場所で拳をぶつける。

「あ、危なかった……」

その光景に驚いた俺だったが、その後の攻防はさらに凄まじかった。

相手が人型ということもあり、人間形態でゼラさんと格闘するシャファル。

その攻撃は、これまで見てきた強い人達とは、比べ物にならないほどの迫力だった。

しかし、そんなシャファルの攻撃を涼しい顔で避け続けるゼラさんもすごい。

「フフフ、その程度なのかしらシャファル君？　今度は私から行くわよ」

拳をかわした一瞬の隙を狙って、ゼラさんがシャファルを蹴り飛ばした。

シャファルが受け身を取って起き上がると、ゼラさんの姿が突如として消えた。

「ッ！」

次の瞬間、爆音とともにシャファルの体が空中に浮き上がった。目にも留まらぬ速度で、ゼラさんがシャファルの腹部に蹴りを入れたのだ。

ゼラさんは空中で回転して、さらに続けて横腹を蹴り、とどめとばかりに踵落としをお見舞いする。

モロに食らい、シャファルは勢い良く地面に叩きつけられた。

「ウオオオオ！」

勝負あったかと思ったが、シャファルはすぐに立ち上がり、雄叫びを上げて空中にいるゼラさんの目の前に一瞬で移動する。

そしてゼラさんの頭を掴み、地面に叩きつけた。

さらにゼラさんの腹部を蹴り上げ上空に飛ばし、空に向かってブレスを放つ。

ブレスはゼラさんに直撃し、空中に白煙が上がった。

「おいおい、流石にそれはやりすぎじゃ……」

俺が言い終える前にゼラさんが煙の中から現れ、クルッと一回転しながら再びシャファルに踵落としを食らわせる。

「ガッ！」

シャファルの頭が地面に沈み、ゼラさんは優雅に地上に降り立った。

だが、シャファルがゼラさんの足首を持ち上げて転ばせ、そのまま腕力で投げ飛ばす。

両者は立ち上がると、互いの顔を見てニヤリと笑った。

その後も、一進一退の攻防が続く。

ここまでの戦いを見る限り、二人の実力はほぼ互角。

試合をする前は敵意むき出しだったシャファルとゼラさんは、今や楽しそうに笑いながら戦っている。

驚くべきことに、試合はそこから一時間ほど続いた。

「クハハハ！　悪魔、いやゼラよ。なかなかやるじゃないか！」

「フフフ、ええ。シャファル君も相当なものね」

互いに健闘を称える二人。

永遠に続くと思われたが、ついに終わりのときがやってくる。

「さてと……ゼラよ。そろそろ、しまいにするとしようかのう」

「そうね。私もちょっと疲れてきたもの、そろそろ休みたいわ」

その言葉を合図に、シャファルとゼラさんは互いに魔力を練り始めた。

両者とも、最後の一撃の準備をしているらしい。

そして次の瞬間二人は距離を詰め、互いに渾身のパンチを食らわせた。

それぞれの拳が相手の顔に命中する。クロスカウンターの格好だ。

どちらが先に倒れてもおかしくない状況で、一方が崩れ落ちた。

その一瞬あと、もう一方も倒れる。

こうして、人外同士の試合は終了した。


「……我が負けたのか？」

「……私が負けたの？」

試合終了から三十分ほど経った頃。

寝かせていたシャファルとゼラさんが同時に目を覚ました。

二人の言葉から察するに、どちらも結果を覚えていないらしい。

シャファルとゼラさんは顔を見合わせ、俺に詰め寄ってくる。

「ラルク。試合はどっちが勝ったんじゃ⁉」

「どっちが勝ったの⁉」

慌てて聞いてくる二人に対し、俺は試合の結果を伝えた。

「ほとんど同時でしたけど……先に倒れたのは、ゼラさんです」

「私の負け……」

「我の勝ちか……」

ゼラさんが落ち込んだ様子を見せ、シャファルもどこか納得していないようだった。

まあ、結果的に言えばシャファルの勝利ではあるのだが、自分も気を失っていただけに素直に喜べない、といったところかな。

シャファルはしばらく無言だったが、やがてゼラさんに話しかける。

「ゼラよ。今回はこういう結果になった。が、これで我のほうが上だと言うつもりはない。今回は、引き分けじゃ」

「シャファル君？」

「こんな勝利で喜ぶほど、我は落ちぶれておらん」

シャファルはそう言って立ち上がり、ゼラさんに手を差し出した。

その手を見てゼラさんは「えっ？」と驚いた表情をすると、シャファルは言葉を続けた。

「また試合をしよう。改めてよろしく、ゼラ」

「……ええ、よろしくシャファル君」

ゼラさんはおずおずと手を伸ばし、シャファルと握手を交わした。

うんうん、二人の間に少しだけ絆が芽生えたみたいだな。

仲良くなってくれて良かったな～と思っていたら、ゼラさんがとんでもないことを言いだす。

「そうだ。このあとはラルク君とも戦いたいわ」

「えっ？　俺とですか？」

思わず後ずさりしてしまった。

あんな試合を見たあと、はいやりましょうと言えるわけがない。

「ええ、主様の実力を従魔として見ておきたいことだし」

「いやでも、ほら、さっきまでゼラさんはあんなすごい試合をしたんだから疲れてるでしょ？　また後日にしませんか？」

「ううん。さっきまで寝ていたから、私、すごく元気よ」

ニコニコと笑うゼラさん。

どうにか拒否しないと、殺されかねないぞ。

俺は助けを求めてシャファルを見たが、なぜかニヤニヤと笑っていた。

「それはいいのう。ラルク、ゼラとの試合が終わったら次は我の相手をするのじゃ」

うわぁ、これはひどい。

……仕方ない、やるしかないか。

俺は腹をくってゼラさんとシャファルと試合をし、案の定ボコボコにされた。

義父さんに戦闘の訓練をするとは言ったけど、まさかそれが現実になるとは……これは嘘をついた罰なのかな、としみじみ思ったのだった。

5　女神の処罰と先輩

シャファルとゼラさんの頂上決戦から数日経ち、長かった春休みも最終日となった。

当初は暇な春休みになると思っていたが、終わってみれば充実しすぎた休暇だったな。

この日、俺はサマディさんに神界に呼ばれた。何かと思ったら、聖国の女神についての処罰が決まったそうだ。

罰の内容は、女神の持っていた力を全て没収し、駆け出しの神として一からやり直すこと。また、下界に降りることを今後百年禁止にされたらしい。

「教えてくれてありがとうございます。これであの女神も反省してくれるといいですね」

「本当にね。で、用件はそれだけじゃないんだ」

「え？　そうなんですか？」

驚く俺に、サマディさんが説明してくれる。

なんでも、女神の処罰を決定した際、俺に迷惑をかけたお詫びとして女神から奪った力の一部を授けてくれることになったのだとか。

「それはありがたいですけど……でも、別にお詫びなんていらないですよ？」

「いや、すでに神々の議会で決まったことだからね。減るものでもないし、受け取ってほしい」

「そういうことでしたら……」

というわけで、力を受け取ることにする。

サマディさんは手のひらに光の球を出現させ、俺のほうに飛ばした。

光球はふよふよと漂い、俺の胸の中に入る。これで力を授かったことになるらしい。

その後、人間界に戻ってきたので、すぐにステータスを開いて確認した。

【名　前】ラルク・ヴォルトリス
【年　齢】13
【種　族】ヒューマン
【性　別】男
【状　態】健康
【レベル】60（＋3）
【ＳＰ】590（＋30）

【　力　】5853（＋247）
【魔　力】6766（＋293）
【敏　捷】6274（＋279）
【器　用】4468（＋222）
【　運　】51
【スキル】『調理：4』『便利ボックス：3』『生活魔法：2』『鑑定眼：3』『裁縫（さいほう）：2』
『集中：5』『信仰心：5』『魔力制御：4』『無詠唱：4』『合成魔法：4』
『気配察知：4』『身体能力強化：4』『体術：4』『剣術：4』『短剣術：3』
『毒耐性：1』『精神耐性：3』『飢餓（きが）耐性：1』『火属性魔法：4』
『風属性魔法：4』『水属性魔法：3』『土属性魔法：4』『光属性魔法：4』
『闇属性魔法：1』『雷属性魔法：4』『氷属性魔法：3』『聖属性魔法：4』
『無属性魔法：2』『錬金：3』
【特殊能力】『記憶能力向上』『世界言語』『経験値補正：10倍』『神のベール』
『神技：神秘の聖光』『悪・神従魔魔法』『召喚』『神技：神の楽園』
【加　護】『サマディエラの加護』『マジルトの加護』『ゴルドラの加護』
【称　号】『転生者』『神を宿し者』『加護を受けし者』『信仰者』『限界値に到達した者』
『神者』『教師』

シャファルやゼラさんと試合したり、春休みの最後のほうは迷宮探索をしたりしたおかげで、レベルがついに60になった。スキルレベルもいくつか上がっている。

「……で、特殊能力に知らないものが増えているけど、これが新しいお詫びか」

とりあえず、『鑑定眼』で鑑定してみる。

『神技：神の楽園』
女神が持っていた力。楽園と呼ばれる世界と門を繋げ、自由に行き来することができる。
使用者自身だけでなく、任意の者も連れていける。
楽園の姿形は使用者の意思で自由に構築することができ、快適度は調整可能。

「……なんだこれ？」

説明によれば、楽園に行くことができる特殊能力ってことだけど……そもそも、楽園というものがざっくりしていてよく分からない。快適度という指標も意味不明だ。

「うーん、新しい世界に行けるスキルをもらった、という認識でいいのかな？　とりあえず、楽園に行ってみるか」

ものは試しだ。

『神の楽園』を発動すると、目の前の空間が裂け、人間が通れそうな大きさの黒い穴のようなものが出現する。これが門というわけか。

すると、目の前にスキルボードみたいな半透明の板が表示された。何か書いてあるので読んでみると、どうやら門に続いている先は聖国の女神が構築した楽園らしい。見れば、快適度の数値がマックスになっている。ここで数値を弄ることもできそうだ。

この画面は、楽園の編集画面みたいなものかな。

ひとまず、何も触らずにおくことにする。あの女神がどんな楽園を作ったのかも気になったしね。

そして俺は、楽園の門を潜った。

門を潜った先は、何もない真っ白な空間だった。見渡す限り、白一色だ。

いったいここのどこが楽園なんだ？　と思ったが、すぐに俺はその意味を理解する。

「ッ!?」

とにかく、その場所は快適なのだ。

理屈は説明できないが、全身が「心地よい」という感覚に包まれる。あまりの快適さに、一生ここから出たくないと思うほどだ。

「これが楽園か……はふぅ」

変な声を出して、たまらずその場に仰向けで寝転がる。

「快適度マックスって……こういうことか……もう何もしたくない……」

独り言を言うのも段々ダルくなってきた。

すると、シャファルとゼラさんが外に出てきて、俺の隣に寝転ぶ。

「おおぅ、これは気持ちいいのじゃ……」

「癒されるわ～……」

そんなことを言っている。

まずい、このままだとこの世界から一生抜け出せなくなる。

「シャファル、ゼラさん……俺をここから引っ張り出して……」

俺はやっとの思いで、それだけを口にした。

「む？　もう少しここにおればよいではないか」

「そうよ～、もう少しまったりしましょう？」

否定の言葉を口にするシャファルとゼラさんに、俺は再度頼む。

「これ以上ここにいたら……駄目になっちゃうから……いや～、まあでも駄目になってもいいか……ずっとここで寝ていたい……」

すると、ゼラさんがむくりと起き上がって「あら、重症ね」と言った。

「仕方ない、ラルク君の言う通りここから運び出しましょうか。ほらシャファル君、手伝って」

「やれやれ、しょうがないのう」

シャファルも立ち上がり俺の右足を持ち、ゼラさんは左足を持つ。

そして、そのままずるずると引きずられた。

「うぁ～、連れてかないで～……」

「だーめ。引っ張り出せっていったのはラルク君でしょ？」

「観念するんじゃな、ラルク」

こうして俺は楽園の外に出たのだった。

人間界に戻ったあと、俺はたちまち我を取り戻して慌てて門を閉じる。

「うん、これは危険な特殊能力だ。色々と設定を直したほうがいいな……」

「そうしたほうがよいの」

「私もそう思うわ」

そう言って、シャファルとゼラさんは俺の中に戻る。あの二人がいなかったら、俺は本当に一生楽園から出られなかったかもしれない。

それにしても、また癖(くせ)の強い能力を授かったな……

◇

次の日、俺は制服に着替えて学園に登校した。

教室に着くと、まだ誰も来ていなかったので自分の席に座ってみんなが来るのを待つ。

やがて、クラスメートが続々と教室に入ってきて、春休み中にあった出来事を各々話しだした。

特に話題になったのは、レコンメティスと聖国の戦争についてだった。

国王のアルスさんがうまいこと情報を統制して、国民には「英雄グルドが聖国に誘拐され、国王が兵を率いて聖国に討って出て彼を奪還した」と伝えられたんだよな。

戦争について、まずクラスメートのレックが自分の意見を言った。

「でも、聖国も考えなしだよね。グルドさんを連れ去ったら、どうなるかなんて分かるだろうし」

その言葉に、同じくクラスメートのカグラが反応する。

「私は春休み中、実家に帰っていたから知ったのは昨日だったんだけど、ビックリしたわ」

「うちの国の上層部は馬鹿なのよ」

そう呆れたように言ったのは、聖国出身のメルリアだ。メルリアは出身国を快く思ってないんだよな。

彼女はさらに言葉を続ける。

「上の人達が勝手に起こした戦争だから、国民は大混乱だったわ。終わったあとも大変だったし……」

「そういえば、メルリアの実家は大丈夫だったの？」

レックが聞くと、メルリアは頷いた。

「ええ、特に被害はなかったわ。でも、首都はまだ建物の修繕とかで大変みたい」

そのとき教室の扉が開き、担任のカール先生が入って来た。

それを合図に、俺達は自分の席に戻る。

「皆さん、おはようございます」

カール先生が挨拶して、朝礼を始める。

そして、久し振りの授業が始まったのだった。


午前の授業が終わり、放課後になる。今日は新学期初日ということもあり、午前中で帰れるのだ。

せっかくなので、みんなで俺の店に行って一緒に昼食を食べることにした。

お昼時だったのでお店はそれなりに混んでいたが、二階が空いていたのでそこにみんなを案内する。そして料理を注文し、待っている間、雑談をした。

「そういえば、休み明けのテストがもうすぐあるんだっけ」

そう、あと一ヶ月もしないうちに、学園のクラス分けテストがあるのだ。

俺達Aクラスは学園の成績優秀者が集まる学級。このクラス分けテストに合格しなければ、下のクラスに落とされてしまうのである。

「みんなはテストの自信はどう？」

俺が聞くと、みんなは「うっ」と言って一気に元気がなくなった。

「春休み中、何もしてなかったから絶望的だよ……」

レックが暗い顔で言った。ほとんど全員のクラスメートが、同じような表情を浮かべている。

「ははは……それじゃあ、今回も勉強会を開こうよ。実は俺も、あんまり休み中に勉強しなかったんだ」

俺の提案に、みんなはパァッと笑顔になった。

勉強会の日取りを決めていたら料理が運ばれてきたので、ワイワイ話しながら楽しく食べる。

食べ終えたあとに一服しながら具体的な日取りを決め、俺達は解散したのだった。

帰宅中、俺は偶然学園の先輩であるレーネさんと出会った。

レーネ先輩は春休み前に、学園を卒業したんだよね。

「こんにちは、レーネ先輩」

俺が挨拶すると、レーネ先輩は元気のない声で「こんにちは」と返事した。

「え、えっと、なんでそんなに元気がないんですか？」

「うん……実はね、今すごく困ってて……」

そう前置きして、レーネ先輩は話し始めた。

レーネ先輩は卒業後、とあるお店に就職する予定だったのだが、先日その就職先が突然潰れてしまったのだそうだ。

「えっ、それは大変ですね」

「ええ、今再就職先を探しているんだけど、なかなか見つからなくて……」

「そうなんですか……ちなみに、どこで働く予定だったんですか？」

「王都の中心地から少し離れたところにある食堂だよ。私、料理人になりたかったんだ〜。『調理』のスキルだって持ってるんだから」

「へぇ、そうだったんですね。初耳ですよ……うん？」

待てよ、そういうことなら俺が役に立てるかも。

「どうしたの、ラルク君？」

「レーネ先輩、もし良かったらなんですけど、俺のお店で働きませんか？」

「え？　ラルク君のお店で？」

レーネ先輩は目を丸くして聞き返した。

「はい。今、新店舗を建てる計画が進んでいて、ちょうど人材を募集していたところなんです。もちろん俺の独断で決められないから面接を受けてもらう必要はありますけど。どうですか？」

そう言って返事を待つと、レーネ先輩の目にブワッと涙が浮かんだ。

そしていきなり俺を抱きしめてくる。

「うわっ⁉」

「ラルク君、ありがとぉぉぉ！」

まだ決まったわけではないのに、すごく喜ばれた。

レーネ先輩に離れてもらい、今週の学園が休みの日に店に来てもらうように言う。なぜその日を指定したのかと言うと、面接には原則俺もオーナーとして同席しているからだ。

レーネ先輩は元気に頷き、軽い足取りで去っていった。

レーネ先輩を見送ったあと、俺は面接のことを伝えにドルスリー商会に向かう。

商会長室に行くと、ラックさんが迎えてくれた。

「やあ、ラルク君。今日はどうしたんだ？」

「はい、実は……」

俺はラックさんにレーネ先輩のことを説明した。

「……ふむ、『調理』スキルを持っているなら心配はなさそうだね。面接の件は承知したよ。それと実は、私のほうでも新しい人材を見つけているんだ。その人の面接も同じ日に行ってもいいかな？」

「はい、分かりました」

話が一段落したところで、ラックさんからこんな話をされた。

「そろそろ、ラルク君も自分の商会の建物を建てたらどうかな？」

「建物ですか？　確かに商業ギルドで商会の登録はしてますけど、冒険者活動のこともありますし……」

「冒険者と商人の兼業は珍しくないよ。新店舗を出すにあたって人も今後増えるだろうし、考え始めてもいい頃だろう」

「なるほど……確かに、いつまでもラックさんに頼っているわけにもいきませんよね。分かりました、考えておきます」

「うん。大変だと思うが、私もできるだけのサポートをしよう。分からないことがあったら、なんでも聞いてほしい」

「はい。本当にありがとうございます」

今までお店のことはラックさんにほとんど頼りっぱなしだった。これからはちゃんと自分でやれるようにしないとな。

俺は感謝の意味を込めてラックさんに頭を下げ、ドルスリー商会をあとにした。

◇

数日後、今日はレーネ先輩の面接の日だ。

今、俺はお店の二階にある一室にいる。この部屋でレーネ先輩と、他の数人の面接を行うのだ。

ちなみに、面接官はナラバさんとラックさんである。俺は二人の後方にオーナーとして座っている。ゆくゆくは自分でも面接ができるようにならないと。

そろそろレーネさんが来る頃だなと思っていたら、タイミング良く扉がノックされ、こちらの返答を待ってからレーネ先輩が入室してくる。

レーネ先輩はガチガチに緊張している様子だった。こういう先輩を見るのは初めてだから、なんだか新鮮だ。

「どうぞ、座ってください」

「はっ、はいッ！」

ナラバさんに着席を促され、レーネ先輩は椅子に座る。

大丈夫かな……と少し心配したが、その後の質疑応答は完璧だった。話していくうちに緊張が取れたようで、レーネ先輩は段々持ち前の明るさを取り戻す。最後のほうは、料理に関する話題でとても話が弾んでいた。

面接の最後に、ナラバさんが尋ねる。

「……はい、こんなところですかね。レーネさんから何か聞きたいことはありますか？」

「えっと……特にありません」

「そうですか。何か仕事のことで分からないことがあったら、私か他の従業員に聞いてください。皆さん優しい方ばかりなので、丁寧に教えてくれると思いますよ」

「分かりました……え？　ということは、つまり……」

「はい、面接は合格です。これからよろしくお願いしますね」

「ッ！　はい、ありがとうございます！　こちらこそよろしくお願いします！」

レーネ先輩は弾かれたように立ち上がって、頭を下げた。

彼女はそのまま退室し、他の何名かの面接もする。優秀な人ばかりで、全員その場で合格が告げられた。

その後、少しだけ事務処理をしてから帰宅する。

リビングに行くと、ギルドの仕事が休みでダラダラしていた義父さんに話しかけられた。

「おかえりラルク、今日は早いんだな。リンちゃんは一緒じゃないのか？」

「あっ、今日は俺とリンは別行動ですよ。リンは皆と一緒にギルドへ依頼を受けに行っていて、俺はお店に行っていたんです」

「なるほどな……冒険者と店の両立は大変だと思うが、まあ、あんまり頑張りすぎないようにな」

「はい、ありがとうございます」

俺は自室に行って、商人としての自立の第一歩として、今後のお店の事業計画についての資料をまとめる。

ただ、初めてのことばかりだったので、思うように進まなかった。

あれこれ考えながら作っていると……

「……あれ？　外が暗くなってる」

気が付けば、すっかり夜になってしまっていた。

部屋から出て台所に向かうと、リンが夕食を作っていた。

「あれ、リン。帰ってたんだ」

「うん、ただいま。さっき帰ってきたんだ～。ラルク君の部屋を覗いたら、忙しそうだったから一人で夕食を作っていたんだよ」

「え、俺の部屋に来てたの？　全然気付かなかった……」

「ラルク君は集中力がすごいからね。もうすぐ夕食はできるから、リビングで待ってて」

「うん、分かった。ごめんね」

俺はリンに言われた通りにリビングに移動した。

（無意識に『集中』スキルを発動しているからなのか、どうも物事に熱中しすぎると周りが見えなくなるんだよね……このスキル、便利といえば便利だけど、こういうときはたまに困るな）

反省しつつ、俺はみんなと一緒にリンが作った夕食を食べた。

6　異界の楽園

翌日も学園は休みだったので、俺は自宅にクラスメートを招いて勉強会を開いた。

みんなが俺の家のリビングに集まり、各々の苦手科目を教え合う。こういう勉強会は今までにも何度かやっているので、誰がどの科目を苦手にしているのかは全員が把握していた。

この勉強会は非常に高い効果を発揮し、苦手科目をばっちり対策した俺達は、自信を持ってテストに挑むことができたのだった。

そして、今日はテスト返却の日。

答案用紙を持ってきたカール先生は、ニコニコしながらAクラスからの脱落者はいなかったと報告してくれた。

その後は各自、テストで間違えた問題を復習する。

「ねぇ、ラルク君。ここの問題の解き方ってどんなのだったの？」

「ああ、そこは……」

レックが答案用紙をこちらに差し出しながら聞いてきたので、俺はそれを見て解法を教える。

その後、他のクラスメートも聞いてきたので、一つずつ教えていった。

そうこうするうちに、午前の授業が終わった。今日も午後の授業はないので、もう帰れる。

「そういえば、数日前からレーネ先輩が働き始めたんだっけ」

ちょっと様子を見に行こうかな。

お店に行くと、レーネ先輩が働いていた。どういうわけか、厨房（ちゅうぼう）にはおらず売り子をしている。

レーネ先輩は売り子の仕事をしながら、楽しそうにお客さんと話していた。嫌々やっているわけではなさそうだ。

俺はこっそり裏口から厨房に入り、ナラバさんにレーネ先輩のことを聞いてみる。

「ナラバさん、レーネ先輩はどんな感じですか？」

「ええ、すごく頼りになりますよ。料理の腕もいいし、持ち前の明るさで売り子もこなせますね。今は本人の希望で、どっちもやってもらっているんです」

「そうだったんですか」

あのとき彼女を誘って良かったな。

俺はそのまま厨房に入り、閉店の時間まで働いた。

閉店になると、レーネ先輩が厨房に入ってくる。

「あれ、ラルク君来てたんだ～。もしかして、私のことを気にしてくれたの？」

「はい、実はそうなんです。料理人も売り子もどちらもやるなんて、すごいですね」

「えへへ～。ワガママを聞いてもらってる以上、頑張らないとね」

照れたように笑うレーネ先輩。

この分なら問題なくやっていけるだろう。

その後、少しレーネ先輩や他の従業員の人達と雑談してから帰宅した。

家に着くと義父さんとリンがリビングで談笑していたので、その輪の中に入る。

「お、おかえりラルク。今日はテスト返却の日だったんだろ？　結果はどうだったんだ？」

「ただいま。なんとか今年も学年一位を取れましたよ」

「ほう、それはすごいじゃないか」

「ラルク君、おめでとう～」

二人に褒められた。嬉しい。

それからリンと一緒に夕食の準備をする。テストの結果が良かったので少し豪勢にしようと思い、ちょっと奮発して高いお肉を焼いた。

いつもより豪華な食事を楽しんだあと、風呂に入って部屋に戻ってきた俺は、お祈りを済ませて就寝……せずに『神技：神の楽園』を発動して編集画面を表示した。

今日は平日の最終日だから、明日から二日間また学園が連休になる。後回しにしていた楽園の環境調整を、この休日を使って終わらせようと思ったのだ。

編成画面を弄っていると、いきなり俺の体からノワールが出てきた。

「ふにゃ～」

「あっこら。また勝手に出てきて……」

「にゃ～！」

ノワールを戻そうとしたら、怒ったように鳴かれてしまった。最近、全然召喚してなかったから拗ねてるのか？

「はあ、まあいいか。大人しくしてるんだぞ」

「にゃ！」

ノワールのことは放っておき、編集画面で楽園の環境を弄る。

「まず、快適度は最大値の半分くらいまでに下げておこう……あと、真っ白な空間は流石に味気なさすぎるから、自然や気候を変更して……」

しばらく編集画面を弄り、実際に楽園に入ってみる。ノワールも頭の上に乗っかって付いてきた。

「どれどれ……」

空間の裂け目みたいな門を通った瞬間、俺は土砂降りに見舞われた。

「うわぁ！」

「にゃぁ!?」

慌てて楽園を出る。

濡れた体を『合成魔法』で作り出した温風で乾かし、もう一度編集画面を見る。

「雨が降る設定にはしてなかったはずだけど……何かのバグか？」

「にゃ～……」

これは一筋縄では行かなそうだ。

それから俺は、編集画面を弄っては楽園に入って、出てきては問題点を解消すべく編集画面を弄って、を繰り返す。

楽園作りは、想定していた以上に大変だった。

あるときは極寒の吹雪に見舞われ、また別のときは灼熱の砂漠に放り出される。一度試しに快適度をゼロにしたときは、楽園に入るなりイライラが募ってノワールと盛大に喧嘩した。楽園を出たあと、イライラはさっぱり消え去ってすぐにお互い謝って仲直りしたけど。

そしてとうとう、なんとか普通に過ごせそうな楽園を作ることに成功した。草原が広がる、のどかな世界だ。

「よし、これはかなりいいんじゃないか」

とりあえず満足の行く楽園を作り終え、続きは明日にしようと思い寝室に戻ってベッドに横になった。なお、ノワールは俺が寝ようとすると戻っていった。

明日は楽園について色々と検証をしてみるか……

そんなことを考えながら、俺は眠りに落ちた。

◇

次の日、俺は朝から義父さんとリンに「今日は一日出かけてくる」と伝え、王都の外に出て人目に付かない草原に移動する。

そこで門を開いて楽園の中に入り、シャファルとゼラさんを呼び出した。

二人の力を借り、楽園についての検証を始める。

まず確かめたのは、楽園内に俺がいなくなった場合、どうなるのかについてだ。

シャファルとゼラさんを楽園の中に残し、俺だけ外に出て門を閉じる。そのあと五分数えて待ち、再び門を開いて楽園に入った。

そこでシャファル達にどうだったかと聞いたところ、俺が楽園を出てからも特に変化はなく、五分後に俺が戻ってきたらしい。つまり、俺がいなくても楽園は存在し続け、時間の流れも人間界と変わっていないということである。

次に、この世界がどのくらいの広さなのかを調べてみた。

シャファルに竜の姿に戻るように言い、全速力で東に飛んでもらう。そして世界の端みたいな場所を見つけたり、壁にぶつかったら戻ってきてくれとお願いする。

シャファルは目にも留まらぬ速さで飛んでいって、戻ってこないまま三時間が過ぎた。

段々心配になってきたら、シャファルが西の方角から帰ってきた。

シャファルは俺達の目の前に降り立つと、人間の姿に戻って伸びをする。

「うむ、いい運動じゃった」

「おかえりシャファル。ちょっと心配しちゃったよ。それで、なんで西から帰ってきたの？」

「我はずっと東に向かって飛んでいたぞ」

「つまり、一周してきたわけか……」

どうやらこの楽園は、外の世界みたいに球体の形をしているようだ。

また、シャファルの飛ぶ速度と戻ってきた時間から計算して、楽園が外の世界の十分の一くらいの大きさだということも分かった。

そんなに広い世界を作り出せるこの能力もすごいが、その距離をたった数時間で飛べるシャファルもすごいと感心する。

また、シャファルは飛んでいる間、森や海を見かけたと教えてくれた。しかも、動物がいる気配もしたらしい。これには驚いた。目に見える範囲には草原しかなく、生き物がいる感じもしないが、いつか探しに行ってみるのも面白いかもしれない。

「なかなかよくできた世界だね。使い勝手も良さそうだ」

俺が言うと、シャファルとゼラさんが頷く。

「そうじゃな。ここなら他人の目を気にせず特訓できるじゃろう」

「人を住まわせて国を作ることだってできそうよね」

ゼラさんはちょっと怖いことを言った。流石に人をここに攫ってくるなんてことはしないぞ……

最後に、門についての検証もする。楽園内で門を閉じたあとに長距離を移動して、そこで再び門を開いて元の世界に戻ったらどこに出るのかが気になったのだ。

結論を言うと、楽園内のどこで門を開いても、入ってきた場所に戻ることが分かった。それでは逆はどうなのかと言うと、元の世界から楽園に入り直した場合、こちらは楽園から最後に出た場所に門が出現する。

「これなら楽園の中で遠出しても大丈夫だな」

やがて楽園の日が落ち始めたので、検証を終了して元の世界に戻り、家に戻った。

夕食時、義父さんから「今日はどこに行ってたんだ？」と聞かれる。

俺はちょっと考えたあと、「草原でシャファルとゼラさんと特訓していました」と答えた。なんで楽園のことを言わなかったのかというと、サプライズにしたかったんだよね。

これから俺は、楽園を整備して発展させるつもりだ。

ある程度発展させたら、義父さん達を招待して驚かせよう。

楽園の整備を始めてからおよそ一ヶ月が経った。

俺はここ最近、毎日学園が終わったあとは楽園に籠(こも)って整備をしている。

具体的に何をしているのかというと、農業である。整備っていうのは、畑や田んぼの整備のことなんだよね。

今は主に、お店で使うための米や野菜を育てている。普段世話をしているのは、ゼラさんが呼び出した下級悪魔だ。悪魔に育てられた作物なんて、おそらくここにしかないだろう。別にそんな宣伝をしてどこかに売るつもりはないけど。

今日も放課後になった瞬間、人目に付かないところに移動し、門を開いて楽園に入る。

「ゼラさん、様子はどうですか？」

俺は楽園に入るなり、ゼラさんに尋ねた。

ゼラさんは楽園が相当気に入ったのか、最近はほとんど住み込み状態となっている。下級悪魔達がゼラさんのために立派な木の小屋を建てているのを見たときは驚いたな〜。

「そうね。最初に植えた野菜が、そろそろ収穫できそうよ」

「えっ？　もうそんなに成長したんですか？」

「ええ、楽園だと植物の成長が早いのよね。植物にとっても快適な環境なのかしら」

ゼラさんは畑に植えられている野菜を見てそう言った。

「米のほうも大丈夫そうですかね？」

「ええ、順調に育っているわ。ラルク君が心配することはなさそうよ」

「それは良かったです」

ゼラさんと一緒に畑の手入れをし、門を潜って元の世界に戻る。

家に帰ると、まだ誰も帰ってきていなかったので読書して時間を潰すことにする。

（ラルク、ちょっといいか？）

本を読んでいると、シャファルが念話を飛ばしてきた。

（何、シャファル？）

（その、前々から考えていたのじゃが……この楽園に我の眷属達を住まわせてもいいかの？）

顔は見えないが、声音から恥ずかしそうな感じが伝わってくる。

シャファルの眷属は現在、銀竜の山で暮らしているんだっけ。ただ、数が多くて住みにくそうにしている、とこの前シャファルから聞いた。だから楽園に眷属を呼ぼうと考えたんだろう。

(別に構わないよ。楽園も賑やかになるしね。あ、でもゼラさんにも聞かなきゃな)

(実は、ゼラにはすでに許可を取っておる。それならば、眷属達に話をしに行こうかの)

シャファルが外に出てきた。暇だったので俺も一緒に行く。

ドラゴンになったシャファルの背に乗せてもらい、銀竜の山を目指して飛ぶ。

到着するとシャファルは眷属達の代表を呼んだ。ちなみに、シャファルの眷属は銀狼族や水竜族や鬼人族などの伝説の魔物集団で、以前聖国に攻め入ったときに協力してもらったから俺とは知り合いだ。魔物とはいっても高位の存在だから、全員人化することができる。

シャファルが事情を説明すると、各種族の代表はすぐに頷いた。

俺はふと気になったので、シャファルに聞く。

「そういえば、彼らの食べ物はどうするんだ？　楽園には野菜類しかないけど」

「安心せい。我の眷属は全員ベジタリアンじゃ」

えぇ……意外すぎる事実だ。

まあとにかく、そういうことなら彼らにとって楽園はぴったりだろう。

門を開き、眷属達に入ってもらう。

さて、ゼラさんと仲良くしてくれるといいけど……

◇

眷属達はゼラさんとすぐに馴染み、一緒に楽園をより住みよくするべく働いていた。

さて、眷属達の加入によって、楽園は加速度的に発展していく。

まず、水竜族の方々は水を司る神の加護を受けているおかげで水を自在に操れるそうで、畑や田んぼの近くに大きな川を作ってくれた。

用水路も整備してくれたので田畑の開墾がぐっと楽になり、農地面積を一気に広げられた。

銀狼族の方々は恐ろしいほど働き者で、農地を拡大できたのは水竜族だけじゃなく彼らの力も大きい。

また、彼らは森を司る神の強い加護を受けているらしい。どういうことかと思ったら、彼らが作ってくれた田畑で野菜や米を栽培すると、収穫速度が上がり、味も格段に良くなるのだと教えてくれた。原理は不明だが、とにかくありがたい効果である。

鬼人族の方々は全員屈強な肉体を持っているので、主に建築関係の仕事をやっている。

彼らは鬼の神の加護を受けており、そのおかげで一日中働いても疲れないのだとか。

シャファルの眷属が暮らし始めてからたった一週間で、楽園に立派な村が出来上がった。

俺は現在、シャファルの背に乗せてもらって楽園の上空を飛び、眼下に広がる光景を見ている。

「こんな短期間でここまで発展するなんて……」

「我も驚いておる。まさか、奴らがあそこまでやる気になるとは……」

シャファルもそんなことを言っていた。

楽園で収穫した野菜や米は、住民が食べる分は残した上で余った一部を譲ってもらっている。なぜかというと、俺のお店で使うためである。

楽園の食材を使った料理の評判は上々で、店の人気はさらに上がった。

食材のことを聞きつけたラックさんが野菜をドルスリー商会に卸（おろ）してほしいと言ってきたので、今後はもっと必要になるだろう。

俺とシャファルが地上に下りると、下級悪魔の一匹が近付いてきた。

「ラルク様。ゼラ様がラルク様をお呼びしておりましたよ」

「え？　分かった、ありがとう。ゼラさんは小屋のほうにいるのかな？」

「ゼラ様は今、楽園の外に出ていらっしゃいます。門を出てから念話を飛ばし、お呼びになるのがよろしいかと」

「外に？　珍しいな。最近はずっと楽園で暮らしていたのに」

ともかく、門を出現させて楽園の外に出る。

人間界に戻ったら、門の前でゼラさんが待ち構えていた。

「ラルク君、伝言を聞いてくれたのね。急にごめんなさい」

「いえ、大丈夫ですよ。それで、どうしたんですか？」

「私が人間界に来た理由は覚えているかしら？」

「えーっと、確かこっちの世界にいるお友達に会いに来たんでしたっけ」

「そうそう。実はさっき、その友人と会ってきたのよ」

ゼラさんはそう言って笑みを浮かべ、言葉を続ける。

「でね、世間話ついでにラルク君の話をしたら、なんとその子もラルク君と知り合いらしいのよ」

「えっ？」

全然心当たりがないんだけど。

「人違いじゃないですか？」

「ううん、確かにラルク君よ。特に必要ないから、今まで正体を明かしてなかったんですって」

「マジですか……」

つまり、俺はゼラさんの前にも、知らぬ間に悪魔と出会っていたのか。

驚いていたら、ゼラさんが本題を切り出す。

「あの子に伝言を頼まれちゃってね。ちょっとラルク君と話をしたいそうだから、一緒に来てもらってもいいかしら？」

「……えっと、今日は用事がないからいいですけど」

「分かったわ。それじゃ転移するから手を握りましょ」

ゼラさんはそう言って、こちらに手を差し出してきた。

この手を握れば、ゼラさんの友人であり、俺の知り合いでもあるという悪魔のところに行く。

まったく予想がつかない。いったい、誰が待っているんだろう？

……考えても仕方ないか。行けば分かることだ。

俺は静かに深呼吸し、ゼラさんの手を握った。

一瞬で目の前の景色が変わり、見覚えのある森の中に移動する。

「あれ？　ここって……」

死の森だ。

ということは、つまり……？

「お待ちしていましたよ」

背後から聞き覚えのある声がして、俺は振り向く。

そこにいたのは、執事服を着た白髪の紳士。

セヴィスさんだった。

「……セヴィスさんがゼラさんの友人で、悪魔だったんですか？」

「ええ、そうですよ」

セヴィスさんはニコリと微笑んだ。

驚いたといえば驚いたが、こうして正体を明かされると、なんとなく納得してしまう。初めてセヴィスさんと会ったとき、とてつもなく強いオーラを感じたし。

ゼラさんがセヴィスさんに話しかける。

「セヴィス、こんなところで長話もなんだし、屋敷に案内してもらえる？」

「ええ、もちろん」

そう言ったあと、セヴィスさんは俺達をウィードさんのいる屋敷に案内する。

ちょっと待てよ。当たり前のように屋敷に向かっているけど、ウィードさんはセヴィスさんやゼラさんのことを知っているのか？

考えているうちに、俺とゼラさんは客間に通された。

客間にはウィードさんがいて、気さくに挨拶してくる。

「やあ、ラルク君。さっき彼女から聞いたよ。悪魔を従魔にしているんだって？　君は本当に面白い子だね」

「こ、こんにちはウィードさん。あの……そう言うってことはつまり、ウィードさんはセヴィスさんのことは……？」

「ああ、知っているとも。そもそも、セヴィスは僕が呼んだ悪魔だからね」

「えっ!?」

驚いて大声を出してしまった。

ウィードさんは詳しく説明してくれる。

ウィードさんが聖国の第一王子で、軟禁(なんきん)状態で幼少期を過ごしていたことは以前聞いていたが、なんでも彼は幽閉された部屋で「悪魔書」という書物を見つけたらしい。

「悪魔書ってなんですか？」

「まあ、簡単に言うと悪魔を召喚するための書物だね。で、面白半分で書物に載っていた通りの手順を試してみたら、セヴィスが現れたんだよね」

「面白半分で悪魔を召喚したんですか？」

悪魔ってそういう感じで召喚するような存在じゃないと思うんだけど……

まあ、悪魔を従魔にしている俺が言えたことでもないか。

俺の問いに、セヴィスさんは笑顔で答える。

「今思えば自暴自棄（じぼうじき）な気持ちもあったかもしれないね。悪魔に国を滅ぼされたり、自分が殺されたりしてもどうだっていいやって考えてたんだよ。でも、セヴィスはそんなことをせず、僕に契約を持ちかけてきた。僕はそれに応じて、聖国を脱出したのさ」

「……その契約って、どんなものだったんですか？」

「僕の〝孤独〟という感情をセヴィスに渡すことだよ。それによって僕は孤独感がなくなって、こうしてこんな森の奥でも楽しく生活できているんだ」

「当時のウィード様は絶大な孤独感を抱えておられましたからね。当時は孤独に圧（お）し潰されて自殺を考えていたほどです」

セヴィスさんが付け足すように言った。

つまり、セヴィスさんがウィードさんを助けたってことか？

「……あの、それってセヴィスさんにメリットはあったんですか？」

俺が聞くと、セヴィスさんが頷いた。

「ありますよ。人間の感情というのは、この上ないご馳走ですからね。どんな感情であろうと、食せば千年は何も食べずとも生きられますから」

「へぇ～……」

そういえば、ゼラさんも俺の料理を気に入ったのがきっかけで付いてきてくれることになったんだよな。悪魔って食べることが好きなのかな。

「ラルク君もゼラさんに感情を与えたのですか？」

セヴィスさんに聞かれたので、「いえ、焼きおにぎりをあげました」と答える。

すると、セヴィスさんは呆れたようにゼラさんを見た。

「ゼラさん、ただの食べ物で餌付けされたんですか……」

「仕方ないじゃない。ラルク君のご飯が美味しかったんだから！　感情よりよっぽどね！」

頬を膨らませて反論するゼラさん。

「悪魔として正式な契約を結ぶならまだ分かりますが、従魔になるとは……あなたにプライドはなかったんですか」

「うっ、だって魔力切れに加えて飢え死にするところだったんだもの……」

「そうだったとしてもですね……」

ゼラさんとセヴィスさんのやり取りはその後も続く。

俺とウィードさんはそんな二人を見ながら、最近の出来事について話をした。

「そういえば、ウィードさんって聖国が今どんな状況か知ってますか？」

「うん、一応知ってるよ。僕はずっとここにいるけど、セヴィスがたまに外に出て情報を収集しているんだ。もちろん、ラルク君が聖国でやったこともね」

「えっ？　あ、いや、それは……」

「誤魔化さなくてもいいよ。まっ、僕としてはあんな国を掃除してくれたラルク君には感謝しかないけどね」

「そうですか……ウィードさんは次の王になろうとは思わないんですか？　元第一王子なんですよね」

「全然。だってこの暮らしが好きだからね。あんな面倒な国の王になったら疲労で倒れちゃうよ」

すると、セヴィスさんが会話に加わってくる。

「ウィード様が国に帰ったとしたら、それこそ国が混乱してさらに面倒になりますからね」

そちらを振り向いたら、ゼラさんがなぜか床に横になって気持ちよさそうに眠っていた。

「ゼラさんはどうしたんですか？」

「少々うるさかったので眠らせました」

セヴィスさんが答える。

「ゼラさんって確か状態異常全般の耐性系スキルを持ってたはずなんですけど」

俺が言うと、セヴィスさんは胸を張った。

「私の魔眼にかかれば、ゼラさんといえどもこうなります」

そうなのか……

眠ったゼラさんを俺の中に戻すと、セヴィスさんが「本当に従魔になったんですね」と悲しそうに言った。

なんだか気まずくなり、話題を切り替えるために以前少し気になっていたことを切り出した。

「あっ、話は変わるんですけどセヴィスさんって米の作り方をタロー・イールという人から教わったと言っていましたよね？　それっていつ頃の話なんですか？」

「う〜ん、そうですね」

顎に手をやり考え始めるセヴィスさん。

すると、その横で聞いていたウィードさんが言う。

「セヴィス、その頃は日記を書いていなかったっけ？　それを見たら分かるんじゃないか」

「そういえば、そんなものを書いていた時期もありましたね」

セヴィスさんは手の上にポンッと一冊の本を出現させて、パラパラとめくる。

「あっ、ありましたよ。え〜……約二百年くらい前ですね」

「二百年……って、えっ？　二百年⁉」

「はい、二百年ですよ。ほら」

セヴィスさんは持っていた日記帳の日付を俺に見せてくる。

日付を確認すると、確かに約二百年前の日付が記されていた。

「あれ、日記の存在を知っているってことは……ウィードさんって二百歳以上なんですか⁉」

「そうだよ。こう見えて僕はお爺ちゃんなんだ」

ウィードさんは笑顔で言った。

見た目は二十代にしか見えないけど……

困惑していると、セヴィスさんが教えてくれる。

「悪魔は他人の寿命を延ばすこともできますから」

「……悪魔ってなんでもありなんですね」

「大体はですね。それにほら、神だって大体のことはできるでしょう？　それと一緒ですよ」

とんでもない話だ。

一度に情報が入りすぎて流石に頭が回らなくなってきたので、セヴィスさんに転移魔法で家に送ってもらい、自室に行きベッドに横になる。

そのままぼーっとしていたら、ゼラさんが外に出てきた。

「もう、セヴィスったら口喧嘩に魔眼を使うなんて卑怯よ」

悔しそうな顔で言い、ベッドをポコポコと叩きだす。

「まあまあ、落ち着いてください。ほら、今朝焼いたばかりのクッキーがありますので」

『便利ボックス』からクッキーを取り出して渡すと、「わ～い」と言って美味しそうに食べ始めた。

（……これが餌付けというんだな）

ゼラさんの幸せそうな顔を見て、俺はそんなことを思った。

7　再開、冒険者活動

数日後、俺は久し振りに自宅の裏庭で鍛錬をしていた。

そこに、義父さんが顔を出してくる。

「どうだ？　久し振りに模擬戦をやってみるか？　この間約束したことだしな」

「いいですよ」

と軽く受けたのだが、俺はすぐに後悔する。

ここ最近は楽園の整備ばかりで、冒険者活動はおろか基礎鍛錬すらサボっていたから、体がすっかり鈍っていたのである。

義父さんの動きにまったく付いていけず、たちまちへばってしまう。

「ラルク、なんだその動きは！」

「うッ！」

なんとか一撃当てようと木剣を振ったが、軽く避けられた上に、腹に蹴りを入れられてしまった。

ドスッと膝をつくと、構えを解いて木剣を肩に担いだ義父さんが呆れたように言う。

「大分鈍っているようだな。ラルク、学業や店のことで忙しいのは分かるが、両立すると言ったのは自分だろ？　ちゃんと自分の言葉に責任を持て」

「はい、ごめんなさい……」

義父さんには楽園のことをまだ伝えていない。

ただ、ここで楽園について言うのはそれこそ言い訳になる。しっかり反省しないとな……

「たくっ、これは鍛え直しが必要だな。明日から一週間かけてラルクの勘を戻してやるから、覚悟しておけよ」

義父さんが好戦的な表情で笑い、俺は思わず「ひっ」と悲鳴を漏らす。

こうして、地獄の訓練生活が始まったのだった。

◇

あっと言う間に一週間が過ぎた。

この一週間、毎日学園が終わったあとは夜遅くまで義父さんにしごかれ、体力を使い果たして気絶するように眠り、目覚めたら朝になっているのでまた学園に行く……という生活を続けていた。

ハードすぎて冗談ではなく何度も死にかけた。

訓練最終日、俺は最終テストとして義父さんともう一度模擬戦をしていた。

訓練のおかげで大分腕が戻ってきていたが、それでもやはり義父さんとの模擬戦はキツい。なんとか動きに付いていけるものの、防戦一方で攻めることができないでいた。

昔よりは能力値はさほど開いていないが、俺の『剣術』スキルレベルが4であるのに対して、義父さんは5であるのが大きい。スキルレベルは1違うだけでものすごい差が出るのだ。

「は〜、は〜……」

息も絶え絶えになっている俺に、義父さんは余裕そうに声をかけてくる。

「ラルク、そろそろ体が温まってきた頃だろ？」

そう言うと、今までより速くて鋭い攻撃を繰り出してくる。

義父さんの猛攻に圧されるが、俺だってこの一週間無駄に訓練させられていたわけじゃない！

「クッ！」

最後の力を振り絞って義父さんの剣を弾き、足を払おうと一気に距離を詰める。

しかし、先に義父さんの蹴りが俺に迫ってきた。

咄嗟に腕でガードしたが、あまりの威力に吹き飛ばされる。

「ぐっ、いたた……」

「だ、大丈夫かラルク？　つい結構強めに蹴ってしまったが」

義父さんは焦ったような表情になり、こちらに駆け寄ってきた。

「ありがとうございます、平気ですよ」

安心させるように言って、ズボンの土を払って起き上がる。

「しかし、一週間でここまで動きを戻せるとは流石ラルクだな」

義父さんは俺の背中をパンパンと払いながら、嬉しそうに言った。

「指導者がいいですからね。それより、やっぱり最終テストは不合格ですか？」

「いや、ここまでできたんだから合格だ。だが、またサボったのが分かったら同じことをするからな。ちゃんと毎日、剣だけでも振っておくんだぞ」

「はい」

義父さんの言葉に返事をしたあと、俺達は久し振りに一緒に風呂に入った。

風呂から上がって夕食の準備をしていると、家の呼び鈴が鳴る。

玄関に義父さんが行って、すぐに戻ってきた。

「ラルク、お前のお客さんだぞ」

「俺ですか？」

なんだろうと思いつつ、玄関に行く。

そこにはセヴィスさんがいた。

「セヴィスさん、どうしたんですか？」

「急に来てしまって申し訳ございません。ゼラさんを呼んでいただけませんか？」

「ゼラさんですか？　分かりました」

俺は楽園の門を開き、ゼラさんに事情を伝えて連れてくる。

「ありがとうございます。少し彼女を借りますね」

セヴィスさんはお礼を言ったあと、ゼラさんと一緒に転移魔法で消えてしまった。

嵐のように去っていったな、と思っていたらシャファルが体の中から外に出てきた。

「ゼラ達はどこに行ったんじゃろうな。嫌な予感しかせんが……」

「うーん。まあ、大丈夫だとは思うけど」

その後、みんなで夕飯を食べる。

夕食後、俺とシャファルは部屋に行って雑談をする。

やがて寝る時間になり、お祈り部屋で日課のお祈りをする。

すると、サマディさんの声が聞こえてきた。

（ラルク君、クッキーのお供えをしてもらえないかな？　少し多めにいただけると助かるよ）

（別に構いませんよ）

心の中で答え、『便利ボックス』から皿と十数枚のクッキーを取り出す。

そしてお供えしたら、クッキーが一瞬にして消えた。相変わらず原理は不明だ。

お祈り部屋から戻り、ソファーでゴロゴロしていたシャファルに話しかける。

「ねぇ、シャファル。そういえば、シャファルには友達とかいないの？」

「なんじゃ突然。友だと？　ふ〜む……いるにはいるが、ラルクには会わせないほうがいい奴じゃ」

「へー。どんな感じの相手なの？」

「そうじゃな。一言で紹介するならば、〝人とは異なる王〟じゃ」

シャファルはそう言うと大きく欠伸をした。

「もう眠たいし、我は寝る」

そして、俺の中に入ってしまった。その友達についてもう少し聞きたかったのだが……

「人とは異なる王ってどういうことだろう？　魔王とか、そういう意味か？」

疑問に思いつつ、俺も今日は模擬戦で疲れていたのでベッドに入り眠りに就いた。

◇

セヴィスさんが突然ゼラさんを連れていき、一週間が経った。

すぐに戻ってくると思ったのだが、未だに彼女は帰ってきていない。

ゼラさんとは従魔契約をしているのでこちらから強制的に呼び出すこともできるのだが、何か重要なことをしているのかもしれないと考え、やめておく。気長に帰りを待とう。

さて、ゼラさんがいなくなったことで楽園の下級悪魔達の統制が取れなくなり、みんな気ままに過ごすようになった。なので、ゼラさんが帰ってくるまでの間は楽園の整備をお休みすることにする。

ということで、俺は久し振りに冒険者活動を再開していた。

今、俺達はパーティで森の魔物の討伐依頼をこなしている。

「ごめん、ラルク君。一匹そっちに行っちゃった！」

「任せて！」

そう返事して、アスラが討ち漏らした魔物を火属性魔法で倒す。

最近、俺達は迷宮には潜らずに王都の依頼を優先的に受けている。俺のリハビリという理由もあるが、ドルトスさんが以前言っていたように、迷宮が発見されたことで王都の依頼が溜まり気味になっているのだ。

ただ、溜まっていると言ってもそんなに酷くはない。駆け出しや中級の冒険者は迷宮に行っていたが、上級の冒険者の人達は王都に残り、普段はやらない低ランクの依頼も受けてくれているのだ。

その中には、ドルトスさん達のパーティである〝ベアーズ・ファミリー〟もいた。今はキド達もパーティに加わり新生〝ベアーズ・ファミリー〟として活動している。

この前久々にキド達に会ったときに、「迷宮には行かないの？」と聞いたことがあった。

その問いに対し、キドはこんなことを言っていた。

「迷宮には、ドルトスさん達の力を借りずに行こうと思っているんだ。でも、まだ迷宮に挑めるほど俺達の実力はそんなに高くないからな。しばらくは依頼をこなしながら修業に専念するよ」

そうは言っていたが、キド達の体つきは数ヶ月前とは見違えるようになっていたので、迷宮に挑戦する日も遠くはないと思っている。

考え事をやめ、俺は倒した魔物の素材を回収する。

「さてと、そろそろ一回戻る？」

「そうだね。指定されていた討伐数はさっきので終わったし、帰ろうか」

俺の提案にレティシアさんが頷き、アスラとリンも「うん、分かった」と返事する。

俺達はギルドに帰還し、レティシアさん達に食堂で待っていてと言って一人で義父さんの受付に向かう。

「義父さん、依頼が終わりました」

「おかえりラルク。今日受けたのは、ゴブリンの巣の破壊、ウルフの討伐、毒草の採取、山菜採りだったよな？」

「はい、そうですね。これが討伐部位と毒草と山菜です」

「おう……それにしても、ラルク達は受注してから達成報告までが本当に速いな」

受け取った討伐部位と採取してきた薬草と山菜を確認しながら、義父さんが言った。

「レティシアさんやリンは採取系の任務がものすごく得意だし、アスラの魔法も魔物の討伐依頼では頼りになりますからね。みんなのおかげですよ」

「そうか、ラルクも負けないように頑張るんだぞ」

義父さんから報酬を受け取り、食堂に向かう。

昼食を食べながら、俺達は今日の反省会をする。

「やっぱり、僕は魔法の連射がまだまだだね……今日も一匹逃しちゃったし」

「そんなことはないって。十分アスラはやれていると思う。多分、アスラは経験が浅いから自信を持てないで、消極的な動きになっちゃうんじゃないかな。きっとすぐに慣れるよ」

「ありがとうラルク君」

アスラは安心したように笑顔を見せた。

その後も反省会をし、解散する。このあとリンとレティシアさんはスイーツ屋さんに、アスラはルブラン国に行くそうだ。

俺はみんなと別れ、人の目に付かない場所に移動して門を開き、楽園の中に入る。

楽園では、下級悪魔とシャファルの眷属達が思い思いにのんびり過ごしていた。

俺はシャファルを呼び出し、竜の姿になるようお願いして背に乗せてもらって楽園の空を飛ぶ。

サマディさんから楽園を授かったことで、こうして気が向いたときにシャファルに乗れるようになったのは地味に嬉しい。

背中から身を乗り出して、地上を見下ろしながらシャファルに話しかける。

「みんな、楽しそうだね。楽園には畑とかしかないから、退屈しないかちょっと心配したけど杞憂だったな」

「まあ、そもそも自然とともに生きている者達じゃしな。それに、娯楽が欲しければそれぞれが何かしら作るじゃろ。ここは自由なのじゃからの」

「それもそうか。そうだ、シャファル。今日は時間があるし、ちょっと遠くに飛んでみてよ」

「うむ、分かった。それでは我のお気に入りの山に連れていってやろう」

シャファルはそう言うと、グゥンッと方向転換してスピードを上げた。

そして山の頂上に着いたあとは、人間の姿に戻ったシャファルと一緒に美しい景色を見て過ごしたのだった。

8　他国進出、二号店計画

次の日。冒険者活動はお休みにして、俺はアスラと一緒にルブラン国の王都に来ていた。

なぜかというと、ルブラン国にオープンする予定の二号店の建物候補を視察するためだ。

ルブラン国に二号店を出す計画は前々から立ち上がっていたが、俺が楽園作りにハマってしまい、保留していた。今は作業をストップしているから、ちょうどいいと思い視察に来たんだよね。

ちなみに、アスラが付いてきたのは「暇だったから」とのこと。レティシアさんとリンはレコンメティスで留守番している。

さて、俺はアスラと一緒に、ラックさんに紹介されたベルベット商会というところに行く。ベルベット商会はルブラン国で不動産業を営んでいるらしい。

事前にラックさんに教えてもらっていた道順を歩いていると、〝ベルベット商会〟と書かれた看板が提げられている建物を見つけた。

中に入り受付の人に話しかける。

「こんにちは。あの、俺は会長と面会の予約をしているラルクという者ですけど、会長はいらっしゃいますか？　これが紹介状です」

そう言いながら、俺はラックさんからもらっていた紹介状を渡した。

受付の人は紹介状を受け取り、目を通す。

「ラルク様ですね……はい、確認しました。会長室までご案内します。ちなみに、そちらの方は？

どこかで見覚えがあるような……」

受付の人がアスラを見て首を傾げた。

アスラは慌てて首をブンブンと横に振る。

「あ、いや。僕はただのラルク君の付き添いです。ここで待たせてもらいますから、どうか気にしないでください」

アスラはそう言って、そそくさと立ち去る。自分がルブラン国の第二王子とは明かさなかったのは、騒ぎになると考えたためだろう。

その後、受付の人に連れられて会長室に向かう。

扉を開くと、綺麗な女性が中で待っていた。

「ようこそお越しくださいました。ベルベット商会の商会長、エレナ・ベルベットと申します」

「初めまして。ラルク・ヴォルトリスです。今日は時間を作ってくださりありがとうございます」

互いに自己紹介をしてから、向かい合ってソファーに座った。

エレナさんは、薄い赤色の髪と特徴的な長い耳をしている。

耳の形状からすると、エレナさんはエルフなのかな？

しかし、エルフの人達は大体、髪の色が緑色のはず。

まじまじと顔を見ていたら、エレナさんがくすりと笑った。

「ラルク君。私はエルフとヒューマンの両親を持つハーフエルフですよ」

「あっ、ごめんなさい、ジロジロ見てしまって。俺の考えていたことが分かったんですか？」

「ええ。初対面の人は大抵私の外見に困惑しますからね。ハーフエルフは、滅多にいないことが原因なんですけど」

「確かに、俺の知り合いにもハーフエルフの人は一人しかいないですね」

俺はルブラン国の冒険者ギルドにおけるギルドマスター、リアナさんの顔を思い浮かべながら言った。リアナさんもエルフとヒューマンの間に生まれた人で、本人はヒューマンの血のほうが濃いからハーフヒューマンと名乗っているが、まあハーフエルフでもあるだろう。

するると、エレナさんが尋ねてくる。

「その人ってもしかして、この街の冒険者ギルドのマスターかしら？」

「はい、そうです。知り合いなんですか？」

「ええ、同じハーフエルフということでよくお茶をする仲なのよ。お互いに色々と苦労を知っているからね」

それから俺とエレナさんは、リアナさんの話題で盛り上がった。リアナさんのことを話すエレナさんは本当に楽しそうで、いつの間にか敬語も取れている。

十分ほど話したあと、エレナさんは当初の目的を思い出したのか急に恥ずかしそうな表情になった。

「あっ、いけない。私ったらしゃべりすぎたわ。ごめんなさいラルク君」

「いえ、大丈夫ですよ。俺も楽しかったです」

「話を戻しましょうか。ラックさんの紹介状には、ラルク君がルブラン国にオープンするお店の建物を探しているって書いてあったわね」

「はい。ラックさんの支援もあってレコンメティスで出したお店の業績が好調なので、二号店を出そうかと考えているんです。場所に関してはずっと悩んでいたんですけど、色々と縁のあるルブラン国に出そうと決めました。関係者の許可はすでに取ってあります」

「なるほどね。ところで、私もラルク君の名前くらいは噂で聞いてたけど、お店ではどんなものを売っているのかしら？」

「俺の店では、米という食材を使った料理を提供しています」

「まあ、コメを？　この辺りだとあまり馴染みのない食材よね」

「はい、でもすごく美味しいんですよ」

俺はそう言って、『便利ボックス』から焼きおにぎりを数個載せた皿を取り出す。こういうこともあろうかと、事前に用意していたのだ。

「収納系スキルを持っているのね」

「はい。とりあえず、お一つ食べてみてください」

焼きおにぎりを差し出しながら言う。

エレナさんは焼きおにぎりをじっくり見たあと、手に持ち一口パクッと食べた。

そして目を丸くする。

「す、すごく美味しいわね。コメがこんなに美味しいなんて、知らなかったわ……」

「それは良かったです。どうですか、こちらでも売れると思います？」

「売れると思うわよ。はぁ、ラックさんもズルいな～。こんな美味しいものがあるなら、もっと早く教えてくれても良かったのに……」

「よろしければ、いくつか差し上げましょうか？」

「えっ、いいの⁉」

ぐいっと身を乗り出すエレナさん。

「もちろんですよ」

「わ～！　ありがとう～！」

ものすごく喜ばれた。よほど焼きおにぎりが気に入ったらしい。

『便利ボックス』に残っていた分の焼きおにぎりを全て出し、エレナさんに渡す。エレナさんはそれを大事そうに部屋の外に運んでいったあと、戻ってきてゴホンと咳払いをする。

「ありがとう、みんなで大事にいただくわね。そろそろ建物の候補を見に行きましょうか」

「はい、分かりました」

俺達は会長室を出て、商会の外に出る。

受付の前で合流したアスラを見て、エレナさんがぎょっとする。

「え⁉　あなたは……」

「僕のことは気にしないでください。ただのラルク君の友達ですから」

「え、え？」

アスラの言葉にエレナさんは混乱したようだったが、すぐに落ち着きを取り戻す。

「……とりあえず分かりました。それじゃあ、二人とも、付いてきてくれるかしら」

そう言って歩きだしたので、俺とアスラも付いていく。

やがて、エレナさんが立ち止まって一軒の建物を指さした。

「ここなんてどうかしら？」

その建物はレコンメティスの店舗よりも少し大きく、人通りの多い道沿いに位置していた。

大きさ、立地ともに申し分ない。

エレナさんはさらに詳しく説明してくれる。

「塗装が少し掠れているけど、塗り直せば問題ないわ。以前はここも食堂だったのよ。結構繁盛してたんだけど、店長のお爺ちゃんが腰を悪くして、経営が難しくなってお店を畳んだのよね」

「そうなんですか……あの、建物の中を見ることってできますか？」

「もちろんよ。鍵も持ってきているわ」

エレナさんはポケットから鍵を取り出し、扉の鍵穴に挿して開錠した。

中に入り、建物の中を見て回る。一階部分に厨房があり、二階は天井までが吹き抜けとなっていてとても広々とした印象だ。

「どう、いい感じの内装でしょ？」

「はい！」

その後もいくつかの建物を案内してもらったが、最初に見たこの店がいいと思ったのでエレナさんに「一番目の建物にします」と伝える。

「それじゃあ手続きとか色々とあるから、五日後にまた私の商会に来てもらえる？」

「分かりました。五日後ですね」

俺とエレナさんは固く握手を交わし、手を振って別れた。

エレナさんを見送ってから、俺は隣にいたアスラに話しかける。

「アスラ、退屈じゃなかった？」

「ううん、楽しかったよ。このあとはどうしようか？」

「うーん、せっかくだから少しだけルブラン国の冒険者ギルドに顔を出してみよう」

「そうだね」

歩きながら、俺はアスラにふと気になったことを尋ねる。

「そういえば、アスラはあんまり王子ってことはバレないね。どうして？」

「僕は元々病弱だったから、国民の前に顔を出すことが少なかったんだ。もちろん、中にはエレナさんみたいに気付く人もいるけどね」

「そうだったんだ」

他愛のない会話していたら、すぐに冒険者ギルドに着いた。

中に入ると、知り合いの冒険者であるグロレさんとニックさんに偶然出会った。

「お？　久し振りだな、ラルク。元気にしてたか？」

「ラルク君、久し振りっす！　元気にしてたっすか？」

「お久し振りです。グロレさん、ニックさん」

俺が挨拶すると、グロレさんはポンと俺の頭に手を置く。

「ラルク、随分と見違えたな」

「ははは、成長期ですから。グロレさんは相変わらずムキムキですね」

「おう、毎日鍛えているからな」

グロレさんは筋肉質な腕をパンパンと叩いて自慢げに言った。

「俺っちも足の速さが上がったっす」

続いて、ニックさんが足を叩いて言った。

すると、アスラが耳打ちしてくる。

「ラルク君、こちらの二人とは知り合い？」

「うん、以前助けてもらったことがあるんだ。紹介するよ。こちらのムキムキな方がグロレさんで、もう一人がニックさん」

そう二人を紹介すると、アスラは「よろしくお願いします」と言って二人と握手した。

ちなみに、グロレさんもニックさんもアスラの正体には気付かなかった。

「それよりラルク。なんでお前がこっちの国にいるんだ？」

「えっと、実は俺レコンメティスで商売をしていまして、ルブラン国で新しい店舗を出す予定なんです。今日は建物の視察に来ました」

「商売だと？　ラルクは冒険者じゃなかったのか？」

「冒険者ですよ。ただ、色々とやりたいことが多すぎて、商業ギルドにも登録してるんです」

「ほう。若者は行動力があっていいいな。俺くらいの歳になると、夢ができてもなかなか叶えられないからな」

「グロレさん、別に夢なんてないじゃないっすか」

ニックさんが呟くと、グロレさんはニックさんの頭に拳骨（げんこつ）を落とした。

その後、雑談してからギルドを出て、アスラにお願いして転移魔法を使える付き人さんを呼んでもらう。そしてその人にレコンメティスに転移してもらい、帰宅したのだった。

9　闘技（とうぎ）大会へ向けて

帰ってくると、リビングのほうから話し声が聞こえてきた。

リビングに行くと、ゼラさんと義父さんとリンがテーブルを囲んで何やら楽しそうに話している。

「ゼラさん、帰ってきたんですね」

「ええ、ただいまラルク君」

ゼラさんはいつもと同じ笑顔でそう言った。

それから夕食を食べ、寝る支度を整えて寝室に入る。

ゼラさんも付いてきて、お祈りを終えた俺に話しかけてきた。

「ラルク君、私がいない間に何か変わったことはあった？」

「うーん、特にないですよ。楽園の整備もお休みにしていましたし」

「えっ、そうなの？」

「はい。ゼラさんがいなくなってから、下級悪魔達が自由気ままに過ごし始めちゃって」

「そうだったのね。ごめんなさい……」

「あっ、謝る必要はないですよ。楽園のみんなもリフレッシュできたと思いますから」

「なら、留守にしていた分ちゃんと働いてくるわ。ラルク君、門を開いて」

「え？　あ、はい。分かりました」

門を開けると、ゼラさんはすぐさま楽園の中に行ってしまった。

「……ゼラさんがどこに行ったか聞こうと思ったけど、タイミングを逃しちゃったな。まあ、今度聞けばいいか」

とりあえず今日は寝ることにして、俺はベッドに入ったのだった。

◇

次の日、いつもより早く目が覚めたので、朝食を作る前に鍛錬をしておこうと思い裏庭に出る。

するとシャファルが俺の体から出てきた。

「ラルク、我と軽く組手でもせんか？」

「別にいいよ。でも、珍しいね。シャファルから誘ってくるなんて」

「うむ、我も人間の姿で過ごすことが多くなったからのう。たまには体を動かさんと鈍るんじゃよ。

それに、人間の体術を学んでおけば、迷宮などの狭い場所で戦うことになっても役に立つじゃろ？」

「……シャファルってたまに真面目だよな。いつもは馬鹿なのに」

「馬鹿とはなんじゃ！　我は賢竜なのじゃぞ!?」

「賢竜？　ああ、そういえば初めて会ったときもそんなことを言ってたな。すっかり忘れてた」

「ラルクには一度、我のすごいところを見せなければいけないのう」

そんな会話をしたあと、しばらくシャファルと軽い鍛錬をする。

三十分ほどで切り上げ、家に戻って朝食の準備をした。

用意ができたところでリンと義父さんも起きてきた。

朝食を食べ、義父さんとリンは冒険者ギルドに、俺は学園にそれぞれ向かう。

教室に入ると、いつもは俺が一番早いのに今日は珍しくレックが先に登校していた。

「おはようレック。今日は早いね。どうしたの？」

「おはようラルク君。ほら、もうすぐ学園の闘技大会があるでしょ？　それに向けて早めに来て自主訓練をしていたんだ」

「えっ？　あ～、そういえばそうだね！　去年は色々あって、俺は参加できなかったけど」

学園では毎年この時期、生徒同士の実力を試すための大会が開催される。

俺は去年の今頃、シャファルによってルブラン国に飛ばされていたために参加できなかった。そのため俺の中で印象が薄く、完全に忘れていた行事だ。

せっかくだし、今年は俺も参加するか……と思っていると、レックが大きなため息をついた。

「どうしたの？」

「ラルク君、去年の僕の戦績を知ってる？」

「え？　いや、まったく……」

「このクラスで一番下だったんだよ。僕、魔法とか体術はそんなに得意じゃないから……」

そう言って、机に突っ伏してしまった。

俺はそんなレックを見ながら考える。

（普段の授業を見る限り、そんなに落ち込むほど魔法も体術も悪くないけどな。戦うことに対して苦手意識があるのかも）

「よし、レック。俺で良ければ訓練の相手になるよ」

「えッ！　いいの!?」

ガバッと身を起こし、目をキラキラさせてこちらを見つめるレック。

「ああ、友達が困っているなら、力になりたいんだ」

「うん！　ありがとう！」

「えっ⁉　レック君、ラルク君と一緒に訓練するの⁉」

そんな声が聞こえたので、俺とレックは教室の扉のほうを見る。

そこには、クラスメートのセーラが立っていた。

「レック君だけ現役冒険者と一緒に訓練するのはずるいよ～！　私も混ぜて！」

「う、うん。別にいいけど」

俺が言うと、セーラは「やった～！」と飛び跳ねた。

すると、今度はそのやり取りを、セーラに続いて教室に入ってきた獣人（じゅうじん）のレオンと竜人（りゅうじん）のドランに聞かれて「自分達も一緒に訓練したい」と言いだす。

その後も他のクラスメートがどんどん登校し、話を聞きつけて一緒に訓練したいと言ってくる。

結局、俺達はみんなで戦闘訓練をすることになったのだった。

◇

翌日、俺達は担任のカール先生に「クラス全員で闘技大会に向けて自主訓練したい」と言ったところ、先生は自分の科目の授業時間を使ってもいいと言ってくれた上、第一訓練所の使用許可も取ってくれた。

そして訓練の時間になり、俺達は第一訓練所に移動する。

訓練所に着くと、レックがまず発言する。

「僕達は実戦経験がないから、訓練内容はラルク君に任せてもいいかな？」

「あ、うん。分かった。じゃあ何から始めようかな……」

うーん、全員で同じ訓練をしてもあんまり意味はないよな。ここはみんなの得意なことを伸ばす方向でメニューを組んでみるか。

「それじゃあまず、みんなの一番得意なスキルを教えてくれる？」

そう言って、俺は『便利ボックス』から人数分の紙とペンを取り出して渡した。

数分後、全員が書き終わったのを見計らって紙を回収する。

紙には、以下のように書かれていた。

リア　：光属性魔法
セーラ　：水属性魔法
レオン　：獣化(虎)
カグラ　：短剣術
メルリア：聖属性魔法

ドラン　：剣術
レック　：強（し）いて言えば、闇属性魔法

「……レック、こんなところまで自信なさげに伝えなくていいのに」

「うっ、ごめん。一番得意なスキルっていうのが思い浮かばなくて……」

レックは申し訳なさそうに言った。

「まあいいや……ところでレオン」

「んっ、何？」

「この獣化っていうのはなんなの？」

俺が聞くと、レオンは笑顔で説明してくれた。

「僕達みたいな獣人だけが使える固有スキルだよ。使ったら、スキル名の通り獣（けもの）に変身することができるんだ。僕の場合は虎だね」

「へぇ……」

ということは、竜人のドランは竜化が使えたりするのかな。紙には剣術って書いてあるけど。

「ドランは竜化できるの？」

そう聞いたら、ドランは首を横に振った。

「いや、俺は竜化を行えるようになるための儀式を受けさせてもらってないから使えないんだ」

「そうなんだ。受けさせてもらってないっていうのは、年齢的な問題とか？」

「いや、種族的な問題だ」

「ん？　どういうこと？」

眉（まゆ）をひそめて聞くと、さらに説明してくれた。

「そういえば言ってなかったな……俺、竜人とエルフのハーフなんだよ」

「えっ？」

俺は思わず声を上げた。他のみんなも驚いた表情をしている。

ドランは自分の耳を指さしながら言葉を続ける。

「ほら、若干耳の形が変わってるだろ？　まあ、あえて言うことでもないから黙ってただけだよ」

「う、うん……ごめん、無神経なことを聞いちゃって」

「いや、本当に気にしないでくれ。もう自分の中で折り合いは付けているからな」

ドランが苦笑いしながら言ったが、竜化に関する話題はドランにとってデリケートな部分だったはずだ。悪いことをしちゃったな……

その場に気まずい空気が流れる中、ドランと一番仲のいいレオンが口を開く。

「ドラン君、ハーフだったんだ。気付かなかった〜」

「驚いたか？」

「最初はちょっとびっくりしたけど、それでドラン君の何かが変わるってわけでもないし、今は別に普通かな。訓練、頑張ろうね」

「……ああ、頑張ろう」

ドランは笑顔で頷いた。

レオンのおかげで雰囲気が明るくなり、俺は改めて全員に声をかける。

「それじゃあ、まずは魔法が得意なグループと近接戦闘が得意なグループで分かれてくれるかな？」

その言葉を合図に、各々がグループで固まる。

リア・セーラ・メルリア・レックが魔法組、カグラ・ドランが近接組。レオンはちょっと迷ったが、近接組に入ってもらった。獣化したあとは肉弾戦で戦うって言っていたしね。

それぞれにメニューを伝え、訓練を開始する。

俺はしばらく、みんなを見て回ることにしたのだが、一人でこの人数はちょっと見切れない。

ということで体の中で眠っていたシャファルを呼び出し、近接組の担当をしてもらう。なお、シャファルのことはクラスメート達は全員知っているので、特に驚かれるようなことはなかった。

シャファルに事情を伝えると、頷きつつもこんなことを言われた。

「ラルク、これだけは言わせてもらいたいのじゃが」

「何？」

「今までの我の契約者の中で、ここまで我をこき使う者はお主が初めてじゃ」

シャファルは言うだけ言って、近接組のほうに向かった。

俺も魔法組の指導を始める。

みんなに並んでもらったあと、俺はリア達に尋ねる。

「みんなって無属性魔法は使える？」

全員が使えると答えたので、俺は無属性魔法で片方の手の上に魔力の球を出すように言った。

みんなが作ったのを確認し、俺はもう一個注文する。

「それじゃ、もう片方の手にも同じ魔力球を作ってみて」

リアとセーラとメルリアは問題なく作れたが、レックだけは先に作っていた球を維持できず、消滅させてしまった。

「……あっ」

「レック、同時に魔法を扱うのは苦手？」

「う、うん……どっちかに集中してないと魔法が崩れちゃうみたい」

「分かった。じゃあ、リア達はその二つの球でお手玉する練習をしてみてくれるかな。基礎訓練の一つなんだけど、それで魔力の操作感覚が身に付くんだ」

「「「はーい」」」

三人は固まってポンポンと魔力の球をお手玉し始めた。

ただ、何度もポロポロ落としている。次の訓練内容を伝えるのはお手玉をこなせるようになってからでいいだろう。

「じゃあレックは、的当ての訓練をしようか。お手玉の訓練と同じく、魔力の操作感覚を身に付けることができるよ」

「わ、分かった」

俺が魔法で的を作って空中に適当に散らばらせると、レックは一つずつ着実に魔法を命中させていく。

うん、レックの操作感覚は悪くないな。というか、集中力があるから四人の中で一番いい。

俺はそう判断し、レックには次の段階である魔力量増幅の訓練内容を伝える。

すると、レックは驚いた顔をした。

「え？　だって僕、魔力の球を二つ出せなかったよ。そっちの練習をしたほうが良くない？」

「まあ、同時に魔法を使うのは単純にその人の向き不向きの問題だから、魔力の操作感覚とはあんまり関係がないんだ。レックは一つの魔法を全力で使う方向で訓練していこう。ちょっと大げさに言うと、一撃必殺みたいな感じだね」

「一撃必殺……」

「そのために魔法の威力を上げる練習をしようか。魔力量増幅の訓練は第一歩目ってところかな」

俺はレックに訓練方法を伝え、しばらくやってもらう。

それから俺は、武術グループの方を見に行った。

武術グループでは、シャファルを相手にレオンが獣化した状態で戦っていた。虎になると言っていたが、四足歩行ではなく二足歩行だ。

レオンが高く飛び上がり、シャファルを目がけて空中から拳を振り下ろす。

シャファルがひょいっと避けると、轟音とともに訓練所の地面が大きく抉れた。

レオンの身体能力は元々そこまで高くないが、獣化することでスピードとパワーが飛躍的に上昇しているようだ。

二人の戦いを見ていたら、カグラが近付いて耳打ちしてきた。

「試合というより、獣同士の力比べみたい」

「なるほど、確かに」

シャファルとレオンの戦いっぷりは、まさに野生そのものといった感じだ。

やがて制限時間が来たのか、レオンの獣化が解除された。

シャファルはレオンに近付いて声をかける。

「うむ、なかなかいい動きだったぞレオン」

「ありがとうございます、シャファル様。獣化した状態で全力で戦ったのは、獣人の村にいたとき以外だと初めてです」

そう言うレオンは、頬が紅潮して楽しそうだった。

シャファルがこちらに歩いてきたので、調子を尋ねる。

「こっちはどんな感じ？」

「うむ、全員筋がよいな。レオンは無論のこと、カグラとドランもなかなかの武器の使い手じゃ」

「そうか……」

俺も模擬戦をやってみようかな。

そう思い、隣のカグラを誘う。

「カグラ、俺と模擬戦しない？」

「う、うん！」

それぞれ武器を選んでから簡単にルールを決め、俺とカグラは模擬戦を開始した。

カグラは俊敏な動きで俺の懐(ふところ)に入り、模擬戦用の短剣で鋭い攻撃を仕掛けてくる。

俺は木剣を使って一つ一つの斬撃を捌(さば)いていったが、予想以上に短剣のスピードが速く徐々に圧される。

「ッ！　カグラ、なかなかやるね！」

「これでも、毎日鍛錬は欠かさずやってるからね！」

このまま防戦に回り続けるのは面白くない。

俺はカグラの攻撃を全力で受け止める……振りをして力を抜いて受け流した。

「わわっ！」

カグラが体勢を崩した隙に、素早く距離を取る。

「ふう、やっぱりラルク君は簡単に勝たせてくれないね。まさかいきなり受け流すなんて」

「以前、臨機応変に戦うことの重要性を学んだことがあってね。ここからは俺も本気で行くよ」

そう言って俺は『身体能力強化』を発動し、全身を強化した。

するとカグラも自らの体を魔法で強化して、一瞬で目の前から消える。

――後ろか！

直感を頼りに、俺は背後を剣でガードする。

「ッ!!」

次の瞬間、剣に衝撃が走った。

振り向くと、予想通りカグラが攻撃を仕掛けていた。今の一撃を受け止められると思っていなかったのか、驚きの表情を浮かべている。

俺は全力でカグラの体を背中で押し、転ばせる。そして、立ち上がろうとしたカグラの喉元に木剣をスッと突きつけた。

「最後の攻撃はすごかったね。びっくりしたよ」

「私のとっておきみたいなモノだよ。父上や兄上達と模擬戦をするときはいつもこれで倒してきたんだけど、ラルク君には通用しなかったね」

「いや、俺も最後の攻撃は見えなかったから、勘で防御しただけだよ。もし外れていたら、やられていたのは俺のほうだった。よし、カグラの実力は分かったから……ドラン、俺と模擬戦しない？」

カグラから剣を離し、模擬戦を観戦していたドランに声をかける。

「おう」

了承の返事をもらったので、ドランと模擬戦を始めると、予想外のことが起こった。

俺も剣術には自信があったのだが、開始直後から俺はドランの剣術に翻弄(ほんろう)され、数分で剣を弾(はじ)き飛ばされてしまったのだ。

「……ドラン、すごいね。俺も一応、義父さんに鍛えられているのに……」

悔しさ半分、尊敬の気持ち半分で言ったら、ドランは照れ臭そうに笑う。

「ありがとう。俺にはコレしかなかったからな。竜になることもできず、魔法も下手な俺が自分を証明するたった一つの手段が剣術だったんだよ」

すると、その言葉を聞いていたレオンが「ドラン君、カッコいいね」と褒めた。

ドランは顔を赤くして「お、おう」と恥ずかしそうに反応していた。

しかし、俺もしっかり訓練し直さないとな。大会に出る以上、もちろん優勝を目指すつもりだ。

そう思ったとき、頭の中でとある考えが浮かんだ。

一旦訓練をしていたみんなを集めてそのことを伝えると、みんな賛同してくれた。

そうと決まれば、さっそく今夜交渉しよう。

俺はワクワクしながら、みんなと一緒に終わりの時間が来るまで訓練を続けた。

その日の晩、俺は夕食後に義父さんの部屋に行き、昼間に思いついた考えを打ち明ける。

「義父さん。実はもうすぐ開かれる学園の闘技大会に備えて、今週末の休日からみんなを家に集めて、しばらく泊まり込みの合宿をやろうと思っているんです」

「合宿か。いいんじゃないか？」

「それで相談なんですけど……合宿の間、俺達の剣術を見てくれませんか？」

「おう、いいぞ」

義父さんはあっさりと了承してくれた。

「いいんですか？」

こんなにすぐ許可をもらえるとは思っていなかったので、思わず聞き直してしまう。

「ああ、どうせ週末は仕事は休みだし、最近は暇になることが多いからな」

「ありがとうございます。あとでリンにもみんなが家に来るってことは伝えておきますね」

「ああ、そうしたほうがいいだろう」

義父さんの部屋を出て、リンの部屋をノックする。

「どうぞ」と返事があったので中に入り、合宿のことを説明した。

「うん、いいよ。夕食をいっぱい作らなきゃね」

「リンも一緒に混ざる？」

「ううん。今週末はギルドでドルトスさん達と依頼を受ける約束をしているんだ」

「そうなんだ。頑張ってね」

俺が言うと、リンは笑顔で頷いたのだった。

◇

次の日、教室に入ると全員が揃っていた。

合宿の許可が取れたことを伝えると、みんな喜んでくれる。みんなも昨日のうちに、俺の家に泊まる許可をもらったらしい。

王女のリアは泊まり込みなんてしたら問題にならないのかな、と思ったが本人は別に大丈夫だと言っていた。父親のアルスさんは「まあラルク君の家なら別にいいか」と言っていたらしい。

そして、あれよあれよといううちに週末になる。

みんなが家にやってきたので、さっそく裏庭で訓練を開始した。

しばらく義父さんの指導のもと鍛錬していると、ギルドに行っていたはずのリンがアスラとレティシアさんを連れて帰ってきた。

俺は驚いてリンのもとに行って尋ねる。

「あれ？　リン、今日はドルトスさん達と依頼を受けに行くって言ってなかった？」

「そうだったんだけど、今日は依頼が全然なかったから中止になったの。だから合宿に混ぜてもらおうと思って。せっかくだからレティシアさんとアスラ君も誘ったんだけど、いいかな？」

「もちろん！　ちょっと待ってて」

俺はクラスメート達を集め、リン達のことを紹介する。

それから、リン達も加わって訓練を始める。

だが、人数が増えたことで、ちょっと裏庭じゃ狭い気がしてきた。

もっと広い場所に移動したいな……

（……よし、みんなを楽園に連れていくか。このメンバーになら話をしても大丈夫だろう）

そう思った俺は、一度全員を集合させた。

「今から話すことは、ここにいる人以外には誰にも話さないと約束してくれる？」

俺が言うと、みんなは一気に真剣な顔付きになった。

全員が頷いたのを確認し、俺は楽園の門を開く。

「ラルク、これは……？」

義父さんが怪訝な顔で門を見ながら尋ねてきた。

「別世界に続く門です。実は数ヶ月前、神様から楽園っていう世界に行ける特殊能力を授かったんですよね」

「また変なものをもらったのか……」

義父さんは驚き半分、呆れ半分といった調子で呟いた。

俺が時々神様から特殊能力を授かることは、義父さんはすでに知っている。そのためか、そこまでびっくりしている感じはしなかった。

「ここ最近ラルクがいなくなっていたのは、ここに行っていたからか？」

「はい、そうです。黙っていてごめんなさい」

一方、他のみんなは驚いているというより、よく分かっていないような顔をしていた。

とりあえず、みんなを促して中に入ってもらう。

最後に俺も入り、門を閉じた。

楽園の中は、村どころかちょっとした町くらいに発展していた。田畑だけでなく、下級悪魔やシャファルの眷属達が住む家が立ち並んでおり、道路まで整備されている。

みんなが呆気に取られている中、一匹の水竜族がこちらに近付き、人化して話しかけてきた。

「ラルク様。すみませんがシャファル様を呼び出していただけないでしょうか？」

「シャファルを？　分かりました」

体の中で寝ているシャファルを呼び起こすと、水竜族の方はシャファルをどこかに連れていく。

シャファル達の姿が見えなくなったあと、義父さんが聞いてくる。

「……ラルク、今の魔物はなんなんだ？」

「シャファルの眷属です。今は楽園の整備を手伝ってくれています」

「あちこちに家が建っているが、まさか他にも魔物が住んでいるのか？」

「はい。魔物といっても、いい方ばかりだから心配しなくてもいいですよ」

「そうか……」

義父さんはなぜか遠い目をしていた。

他のみんなもポカンとしている。まあ、考えてみれば驚くのも当然か。

そのとき、いきなり目の前にゼラさんが転移してきた。ゼラさんはこの閒楽園に入ったあと、一度も出てこないで作業していたんだよな。

「あら、ラルク君。今日は一人じゃないのね。お友達かしら？」

「こんにちはゼラさん。実はこのみんなで鍛錬しようと思いまして」

「まあ、そうなの。じゃあこの辺りはちょっと狭いから、町外れに連れていってあげる」

ゼラさんは何かの呪文を唱える。

すると、俺達は町外れまで一瞬で移動した。

集団を転移させたのか。普通の転移魔法より遥かに高度だ。

「帰る頃になったら私に念話を飛ばしてね～」

そう言って、ゼラさんはまた転移して消えた。

「それじゃみんな、始めようか！」

「いやいや、ちょっと待って！」

レックが俺の肩を掴んできた。

「どうしたの？」

「どうしたの、じゃなくて！　ラルク君、僕達、さっきから何が起こってるのかまったく分かってないんだけど！」

レックの言葉に、他のみんなもウンウンと頷いている。

「あー、じゃあまずは楽園のことと、ここまで発展した経緯について説明しようか」

そう前置きし、俺は楽園について話せる範囲のことを説明した。

流石に聖国の女神を成敗したご褒美にもらった特殊能力であるとか、発展には悪魔のゼラさんが関わっているとかは正直に言わない。単純に、神様に信仰心を認められてこの世界をもらったことと、先ほどのゼラさんを含め全員がシャファルの眷属であると伝えた。

「正直全然分かってないけど、ようするにラルク君はすごいってことだね」

説明し終えたら、レックがそんな風にまとめた。

なんか変な納得のされ方をされたけど、まあいいか。

さて、訓練を始めよう。

先日と同じように、近接組と魔法組に分かれてもらう。ちなみに、リンとレティシアさんは近接組、アスラは魔法組だ。

近接組は義父さんが見てくれ、俺は魔法組を指導した。

リアとセーラとメルリアは引き続き魔力の球でお手玉してもらう。

アスラも三人の隣でお手玉をしていたが、五個くらいを軽々とやっていたのでみんなに驚かれていた。やっぱりアスラの魔法センスは頭一つ抜けている。

リア達はアスラにお手玉のコツを聞き、アスラは少し恥ずかしそうに答えていた。

一方、レックだけはみんなと離れて、座禅を組んでいた。瞑想することで魔力を上げているのだ。

リア達には俺からも何度か助言をしたが、レックに対しては何も言わずに見守り続ける。座禅の訓練に必要なのは集中力と根気だけなので、特にアドバイスはいらない。

二時間も経った頃、レックの体がフラフラとしだした。流石にバテ始めてきたか。

レックに休憩するよう声をかけ、許可を得て『鑑定眼』で能力値を確認させてもらう。

すると、たった数時間で魔力の数値が上がっていた。

「すごいよレック。短時間でもう成果が出ている。レックは完全に魔法使いタイプだね」

「そうなの？　ってことは、これまで体術とか剣術を頑張ってたのは無駄だったのかな？」

「いや、そんなことはないよ。体力を付けるのはいいことだし、自分が体術や剣術を学ぶことで、相手の動きが読めるようになるからね。きっと大会でも役立つよ」

「そうなんだ。それじゃ、これからも頑張って続けようかな」

レックは安心したように言い、少し休憩を挟んでから訓練に戻った。

続いてリア達のほうに行くと、アスラのアドバイスもあってか魔力操作の感覚が良くなってきていたので、次の訓練に移ってもらうことにする。

もちろん、俺も自分の鍛錬を忘れない。魔法の基礎訓練を終えたあとは、ドラン達に混ざって義父さんと模擬戦をした。

◇

合宿開始から一週間が過ぎた。

みんなで相談して、合宿は今日で終わりにすることにした。全員がライバルだから、大会が始まるまでのあと数日は、それぞれが独自で特訓をする予定だ。

週明け以降も、学園の授業が終わったら全員俺の家に集合し、楽園に移動して訓練を行ってきた。

みんな着実に強くなっていったが、特に目覚ましい成長を遂(と)げたのはレックだ。

わずか数日で、魔法使いとしてものすごくパワーアップしている。途中からゼラさんがレックの才能に目を付け、闇属性魔法の個人指導を行ったほどだ。その際ゼラさんはレックをどこかに連れていってしまったので、どんな訓練だったのかは俺も知らない。

さて、最後の訓練が終わった俺達は、楽園内の山の麓(ふもと)で湧いた温泉に入っていた。先日、ゼラさんが山を開拓している途中に偶然掘り当てたのである。当たり前だが男女で分かれて入っている。

ゼラさんは戻ってきてから楽園の発展に力を入れて、様々な建物を建ててくれていた。

温泉宿や遊技場といった娯楽施設だけでなく、鍛冶場(かじば)なんかもある。

鍛冶場では、手先が器用な鬼人族が代表して武器や防具を鋳造(ちゅうぞう)している。

また、銀狼族と共同して薬草畑も作ったそうだ。

他にも色々あるらしいが、俺も全ては把握し切れていない。とにかく、俺が知らない間にゼラさんはいろんなことをしてくれていた。

「はぁ～、訓練終わりのお風呂は気持ちいいね～」

湯に浸かってまったりしていたら、レックが話しかけてくる。

「ラルク君。合宿が終わったあとも、たまにここに遊びに来てもいいかな？」

「もちろん。どんどん遊びに来てよ。ただ、人には言わないようにね」

「うん、分かってる」

レックはそう言い、肩まで湯船に浸かり「ふ～」と気持ち良さそうに空を見上げた。

さて、あと数日で大会が始まる。

合宿のおかげで、クラスのみんなは本当に強くなった。

優勝に向けて、俺も気は抜けないな。

10　闘技大会予選

とうとう闘技大会の当日になった。

俺達は今、教室でカール先生から大会のルール説明を受けている。

大会は学年ごとでそれぞれ開催され、俺達の学年は今日と明日の二日間、特設の会場で行われる。初日は予選、二日目が本戦となるそうだ。

予選では先生達が大会に申し込んだ学生を、強さのバランスが揃うようにいくつかのグループに分ける。そのグループで武器アリ、魔法アリのバトルロワイヤルを行い、優秀な戦績を残した者が本戦トーナメントに選抜されるのだとか。なお、使用する武器はもちろん模擬戦用のものだ。

予選の脱落条件は、戦闘によって意識を失った場合と試合するエリアの場外に出てしまった場合の二つ。それと一応、降参も認められている。

「説明は以上です。どなたか質問のある方はいますか？」

カール先生はそう聞いたあと、誰も手を挙げていないことを確認して俺のほうを見た。

「ラルク君はこのあと学園長室に行ってください」

「え？　はい、分かりました」

また学園長に呼び出されてしまった。

この前行ったときはちょっと説教されたんだよな。なんとなく、今回も嫌な予感がする。

学園長室に行くと、学園長に予想外のことを言われてしまった。

「ラルク君、単刀直入に言うわね。あなたは予選を免除するわ。明日の本戦から出場してください」

「え……そんなことをしたら不公平じゃないですか？」

「むしろ、公平を期すための措置よ。ラルク君が予選に出たら、言い方は悪いけどレベルが違いすぎて他の学生の実力をちゃんと測れないの」

「そういうものなんですか？」

俺が聞くと、学園長は真面目な顔で頷いた。

「たとえば、同じ予選グループの子が全員ラルク君を倒そうと裏で結託するかもしれない。そうすると、バトルロワイヤルの意味がなくなるわ。私達教師は、予選では生徒の強さだけでなく、あらゆる状況への対応力なんかも評価して本戦出場者を選出するの」

「なるほど……そういうことなら分かりました」

「まあ、あくまでそれは予選においての話ってだけよ。さっきはレベルが違うなんて言ったけど、本戦に出場するような子達にも楽に勝てるとは限らないわ。予選を免除されたからって、決して慢心しないようにね」

「はい、それは分かってます」

俺は先日、ドランに模擬戦で負けたことを思い出しながら頷いた。

「ちなみに、ローゼリアさんも予選免除よ。これは先日、本人に伝えているけど」

「え、リアも？　俺と同じ理由ですか？」

学園長は俺の問いに対し首を横に振る。

「まあ、似たようなものではあるけど、ちょっと違うわね。ローゼリアさんは王女様だから、他の生徒達が変に遠慮しちゃって本来の実力を出せなくなるのよ。去年、お兄さんのリオラス君が出場したときは、彼があんな性格だから問題なかったんだけど、ローゼリアさんは女の子っていうのもあるからねー」

学園長はため息をついたあと、言葉を続ける。

「まあ、彼女はラルク君に次いで成績が優秀な生徒だから特例ということにしたわ。本人は少し悲しそうだったけど、他の生徒のためならって納得してくれたの」

「……はい、リアらしい判断だと思います。彼女は優しいですから」

リアは本戦に出て優勝するため、合宿ではものすごく頑張って訓練していた。複雑な気持ちもあるだろうが、他の人達を思いやって予選免除を受け入れたのは素晴らしいことだと思う。

学園長室を出て教室に戻ると、みんなに何を言われたのかを聞かれたので、予選を免除になったと伝える。みんなは「やっぱり」みたいな反応をしていた。

「みんな予想していたの？」

驚いて聞くと、レックが代表して答える。

「まあね。あと、ラルク君がいない間にリアちゃんも予選免除だって聞いたよ。僕達も必ず予選を突破してみせるから、二人とも先に本戦の場で待ってて。トーナメントで当たったときはお互い全力で頑張ろうね」

レックがそう言うと、他のみんなも力強く頷いた。

俺は自分だけ予選に出なくていいことに少しだけ罪悪感があったのだが、みんなの表情を見て少しだけ救われた気持ちになった。

リアを見ると、安心したような表情を浮かべている。きっと今の俺と同じ気持ちなのだろう。

その後、みんなで開会式が行われる体育館に向かう。

学園長による挨拶が行われたあと、学生代表として、一学年上のウォリス君が壇上に立つ。

ウォリス君はいつも物静かに読書をしているイメージが強かったから、こうしてみんなの前に立って堂々としている姿を見るのはなんだか新鮮だ。なんというか、かっこいい。

ウォリス君のスピーチが終わったあと、予選に出る生徒が先生の指示で移動する。

その後、残りの生徒が観客席に移動を開始した。

特設会場はスタジアムみたいな造りをしていて、中央の試合場をぐるりと取り囲むように観客席が設置されている。また、観客席とは別に審査員席があって、そこに数人の先生が座っていた。中にはカール先生もいる。

手頃な席に並んで座りおしゃべりしていると、ウォリス君が近付いてきた。

「あれ、ラルク君。ラルク君は大会に出るって聞いていたんだけど」

「あ、ウォリス君。代表の言葉、お疲れ様。俺はリアと一緒に予選免除になったんだ。ウォリス君は出場登録しなかったの？」

「僕はこういう行事には興味ないからね。さっきは生徒会長として挨拶したってだけさ」

「そうだったんだ。せっかくだから一緒に観戦しようよ」

「ああ、そうさせてもらおうかな」

ウォリス君はそう言って、俺の隣に腰を下ろした。

やがて審査員席から試合場の真ん中にカール先生が移動してきて、魔法で声を拡大して予選の進行について説明する。

予選参加者は三グループに分かれ、その中から戦績が優秀だった二名を本戦に選出するとのこと。

つまり、俺とリアを合わせて本選に出るのは合計で八名という計算になる。

カール先生が審査員に戻ると、続けて予選第一グループが会場に入る。

その中にはメルリア、カグラ、ドランがいた。

「三人ってことは、少なくとも一人はここで脱落か……」

「そうだね。誰が勝っても嬉しいし、みんな頑張ってほしいね」

リアとそんな会話をしていると、試合開始を告げるゴングが鳴った。

試合が始まると、Aクラスのメンバーは三人ともそれぞれの戦い方で周りの生徒を倒していく。

メルリアがこの一週間みっちり訓練してきた近接戦闘用の魔法で、接近してきた相手を蹴散らす。

義父さんに短剣術を叩き込まれたカグラは、目にも留まらぬ速さで次々と相手の背後を取って仕留めていった。

一番活躍していたのはドランだ。義父さんから教わった剣術と持ち前の身体能力で、立ち塞がる敵を片っ端から捻じ伏せていた。戦っている最中、ずっと笑っているのが怖い。

「……ラルク君のクラスメート達、強すぎじゃない？」

試合を見ていたウォリス君が驚いたように呟いた。

「まあ、みんな頑張って訓練してきたからね」

「それにしても異常だよ。特にあの竜人の子はすごいね。いったいどんな訓練をしたらあれほど強くなれるんだろう」

元々近接戦闘の能力が高かったドランは、シャファルや義父さんを相手に何度も模擬戦をする中でますますセンスが磨かれていった。合宿の後半では、義父さん達といい勝負ができるようになったくらいだ。

ただ、模擬戦中にテンションが上がりすぎて竜化したシャファルにはボコボコにされていたけどね。ドランはシャファルに散々追いかけ回されたあと、「死ぬかと思った。もう二度と戦いたくない」と魂が抜けたような目で言っていたっけ。

ウォリス君はバーサーカーの如く戦っているドランを見て、ふと不安そうな目を自分の妹であるリアに向ける。

「……リアはラルク君達と一緒に合宿をしていたよね。まさかリアも戦うときはあんな感じになるのか……？」

「そ、そんなことないよ！　私はクラスの中だと大人しいほうだから！」

「そ、そうか……」

ウォリス君は納得したようなセリフを言いつつも、どこか懐疑的な目をしていた。

三人は順調に他の生徒を倒していき、とうとう会場に立っているのはメルリア、カグラ、ドランだけになる。

互いの実力を知っているからこそ、ここから先はそれぞれが慎重な動きになるだろう。

……と思っていたのだが、俺の予想に反していきなりドランが全速力でメルリアに近付いた。

不意をつかれたメルリアは慌てて防御魔法を唱えるが、一瞬速くドランの剣が命中する。

メルリアは遥か後方に吹き飛ばされ、そのまま意識を失った。

「そこまで！」

カール先生の声が響き渡り、予選第一試合が終わる。

それから審査員席で先生達が何やら話し合いをし始め、カール先生が再び声を拡大して予選通過者を発表した。

「ドラン君とカグラさんが本戦出場者です！」

観客全員がドランとカグラに拍手を送る。

二人は嬉しそうに手を振って声援に応えていた。

その後、第一グループのみんなが待機室に戻っていく。立ち上がれる人は自分で歩き、足を挫いたり意識を失っていたりする人は担架で運ばれていった。

ドランの攻撃をモロに受けたメルリアのことが心配だったが、すぐに意識を取り戻して担架を使わず歩いて帰っていたので大丈夫みたいだ。

荒れた試合場を先生達が魔法で修復している間、ドラン、カグラ、メルリアの三人が観客席にやってきた。予選が終了した生徒は、観客席で他の予選グループの試合を見てもいいのだ。

俺は三人に労い（ねぎら）の言葉をかける。

「お疲れ様。みんなすごかったけど、特にドランは凄まじかったね。最後、メルリアに一目散に攻撃を仕掛けたときは驚いたよ」

「ああ。メルリアに遠距離から魔法を使われたら勝ち目が薄かったからな。あの状況になったらイチかバチか間合いを詰めて先手を取ろう、と最初から考えていたんだ」

ドランは照れ臭そうに言った。

その一方でメルリアは悔しそうな表情を浮かべている。

「一瞬、油断したのがいけなかったな。接近戦に持ち込まれたときの対策をしておけばよかった……今後の課題だわ」

しばらくみんなで先ほどの試合について感想を述べ合っていると、会場の修復が終わって予選第二グループの生徒達が入場してくる。

メンバーを見ると、レオンとセーラが出場していた。

「レオンとセーラの二人か。ということは第三試合に出場するAクラスの生徒はレック一人だね」

「そうだね。二人とも、予選通過してほしいな」

俺とリアが話していると、試合開始のゴングが鳴った。

レオンとセーラがどう動くのか見守っていたが、二人とも序盤は堅実に立ち回っている。周りの生徒もAクラスであるレオン達を警戒しているのか、あまり積極的に攻撃を仕掛けることはしていない。

「まあ、普通は序盤では様子見の動きになるよね……さっきの試合は三人が異常に張り切っていたけど。特にドランがね」

俺の言葉に、ドランはばつが悪そうに言う。

「今となっては少し恥ずかしいが……あのときはワクワクするあまり、つい暴れすぎた。合宿を通して、体が闘争を欲するようになってしまってな」

すると、それを聞いたウォリス君が再び不安そうな目でリアを見た。

「性格が変わるような訓練をしていたのか……本当にリアは大丈夫なんだろうね……？」

「大丈夫だってば！　心配しすぎだよ、ウォリス兄様！」

リアは顔を赤らめながら言った。

そのとき、観客席から「おおっ！」という歓声が聞こえる。

会場を見ると、目を離した隙にレオンが獣化していた。試合が進む中で、自分へのマークが外れてきたのを好機と見たのだろう。

レオンは持ち前の怪力で多数の生徒を吹っ飛ばしている。

「やるな、レオン。このタイミングで獣化するとは」

「そうだね。これはレオン君の作戦勝ちかな」

そうレオンを評するドランとカグラ。

すると、また歓声が上がる。今度は俺も見逃さなかった。

セーラが水属性魔法で竜を象った大きな水流を作り出し、密集して乱戦していた生徒達に向けて放ったのだ。あの魔法は、セーラが合宿で編み出した必殺技である。

水の竜は生徒達をまとめて呑み込み、場外に押し流す。これで、かなりの人数が脱落した。

「あの魔法、本当にすごいよね。私も光属性魔法で同じことをやろうとしたけど、無理だったもん」

リアが言うと、メルリアも続く。

「セーラちゃん、合宿を通して魔力のコントロールがとっても上手になったもんね」

その後、レオンとセーラは順調な試合運びをし、見事二人とも本戦出場権を得ることができた。

「おめでとう。セーラ、レオン」

試合が終わり、観客席にやってきた二人を労う。

セーラとレオンは「ありがとう」と応えて、充実した顔で席に座った。

「さて、残るは第三グループだけだね。レオン、待機室でのレックの様子はどうだった？」

そう聞くと、レオンは心配げな表情で言う。

「すごく緊張していたみたいだったよ。顔も真っ青だったたし」

「そうなんだ……うーん、合宿のときの力を発揮できれば問題なく予選突破できると思うんだけどなぁ……」

果たして大丈夫だろうか……

Aクラス全員でそわそわしていたら、第三グループが入場してくる。

すると、レックを集団の中に見つけた。

……あれ？　レオンから聞いたほど緊張しているようには見えないな。むしろ少しリラックスしている感じだ。

そのとき、俺はたまたまレックと目が合った。

レックはニコッと笑い、口パクをする。「だいじょうぶ」と言っているらしい。

そして、試合開始のゴングが鳴った瞬間――

会場全体に異様な重圧がのしかかった。

観客のほとんど全員が苦しげに頭を押さえる。中には少数だが気絶している人もいた。

「な、何が起こっているんだ!?」

隣に座るウォリス君が、他の観客と同じように頭を押さえながら苦しげに言った。

そんな中、俺達Aクラスのメンバーは平気な顔をしている。

理由は簡単。俺達はこの重圧に慣れているからだ。

そう、この異様な重圧の正体は、レックによる闇属性魔法である。

「しかし、ゼラさんもこんなとんでもない魔法を、よくレックに教えたなぁ……」

俺はボソリと呟く。

これは合宿が終了したあとに本人から聞いたのだが、レックはゼラさんの個人指導を受けていたとき、この魔法を教わったということだった。なんでも、ゼラさんに闘技大会の予選ルールを教えたら、「それならちょうどいい魔法があるわ」と言われたのだとか。

レックの使っている魔法の正体は、悪魔が使う闇属性魔法のうちの一つだ。効果は「範囲内にいる自身を除くあらゆる生物の精神を圧し潰す」という物騒なもので、重圧に耐え切れなかった者は一瞬にして意識を奪われる。

観客席の人々はレックから遠い位置にいるのでまだ影響は少ないが、至近距離で魔法を食らった生徒達はほとんど全員が重圧に耐え切れず倒れてしまった。立っているのはたった数人という有様だ。

「それにしても、彼の魔法は本当にすごいね。彼の顔は去年の闘技大会でも見たのを覚えているけど、確か予選敗退だったはずだよね？」

ウォリス君の言葉に、俺は頷いて答える。

「うん。そのときのことが悔しかったらしくて、俺達の中でも一番頑張って訓練したんだ」

「……なるほど、よく努力したものだ」

ウォリス君が感服したような口調で言った。

今、試合場に立っているのはレックを含めて四人。精神魔法に耐えたレック以外の三人は実力者ばかりで、その後の戦闘はレックにとっても一筋縄では行かないものになった。

それでもレックは落ち着いて戦い、なんとか最後の二人になるまで勝ち残ったのだった。

本戦出場者は、最後まで残った二人が順当に選出された。一人はもちろんレック、もう一人の名前は知らないが、確かCクラスの男の子だったはずだ。

こうして、闘技大会の予選は全て終了した。

大量の担架が運び込まれ、気絶した生徒達が載せられていく。レックは申し訳なさそうにしていたが、あの魔法によって心身に深刻な影響が出ることはないので深く心配する必要はない。ゼラさんがレックに教えたのは、あくまで一時的に気絶させるための魔法なのだ。

全ての生徒が退場したあと、学園長が試合場に現れ、闘技大会一日目の終わりを告げる。

そのタイミングで、レックが観客席にやってきた。

「レック。本戦出場おめでとう」

俺が声をかけると、みんなも「おめでとう」と口々に言う。

レックは照れ臭そうに「みんな、ありがとう」と笑って言ったあと、表情を引き締める。

「でも勝てて良かった。最後に残ったCクラスの子はもちろん、他の相手も手強かったからね。何かミスをしたら僕は負けてたよ」

「それでも、今日勝ったのはレックだ。今はそれを喜ぼうよ」

そう言ったら、メルリアが続いて言う。

「そうだよ。本戦に出られなかった私の分も頑張ってね」

メルリアがレックの肩をバンッと叩いた。

「う、うん。頑張るよ!」

レックはやる気に満ちた目になり、そう言った。

その後、明日はいい試合をしようとお互い言い合ってそれぞれ帰宅したのだった。

家に帰ると、義父さんとリンがリビングで待っていた。

「おかえりラルク。予選試合、どうだった?」

どことなくソワソワした様子の義父さんに聞かれる。

「Aクラスのほとんど全員が本戦に出場できましたよ。ただ、メルリアだけは落ちちゃったんですけどね……」

「そうか。メルリアちゃんのことは残念だが、合宿の成果がしっかり出たようで良かったよ。明日はしっかり戦ってくるんだぞ。ただし、楽しむ気持ちは忘れずにな」

「はい、頑張ります!」

決意表明したあと、みんなで夕飯を食べる。

夕食後は自室に戻り、明日に備えて早めに寝ようとしたらゼラさんの念話が聞こえてきた。

(ラルク君、ちょっと楽園に来てくれないかしら)

(楽園に？　はい、分かりました)

門を開き、楽園に入る。

すると、目の前にゼラさんが立っていた。何かを手に持っている。

「わざわざごめんね、ラルク君。実は下級悪魔の子がこんなものを見つけたの。住民の落とし物かと思ったんだけど、誰も心当たりがないって言うからラルク君のお友達が忘れていったのかなって思って」

そう言いながらゼラさんが渡してきたものは、短剣だった。凝った装飾がされており、武器というより飾り物みたいな印象だ。

「報告してくれてありがとうございます。明日、みんなに聞いてみますね」

「そうしてくれると助かるわ……ところで、今日は闘技大会の予選だったのでしょう？　あの闇属性魔法が得意な坊やはどうだったのかしら？」

「レックですか？　無事に予選を通過しましたよ。ゼラさんに教わった魔法で大活躍していました」

「そう。みっちり教えた甲斐があったわね。ラルク君ももちろん予選は突破したんでしょ？　明日は頑張ってね。どっちも応援しているわ」

「はい、ありがとうございます」

ゼラさんにお礼を言い、楽園を出る。

自室に戻ったあとはすぐにベッドに入り、眠りに就いたのだった。

◇

次の日、寝間着から学生服に着替えて朝食を作りに台所に行く。

しかし、すでにリンが起きており、朝食を作っていた。

「今日は、私が作るからラルク君はゆっくりしてて」

「うん、ありがとう」

リビングに行き、朝食が出来上がるのを待つ。

待っている間、俺は久し振りにステータスを確認してみた。

【名前】ラルク・ヴォルトリス
【年齢】13
【種族】ヒューマン

【性　別】男
【状　態】健康
【レベル】60
【ＳＰ】590
【　力　】5925（＋72）
【魔　力】6850（＋84）
【敏　捷】6331（＋57）
【器　用】4505（＋37）
【　運　】51
【スキル】『調理：5』『便利ボックス：3』『生活魔法：2』『鑑定眼：3』『裁縫：2』
『集中：5』『信仰心：5』『魔力制御：4』『無詠唱：4』『合成魔法：4』
『気配察知：4』『身体能力強化：4』『体術：4』『剣術：4』『短剣術：3』
『毒耐性：1』『精神耐性：3』『飢餓耐性：1』『火属性魔法：4』
『風属性魔法：4』『水属性魔法：3』『土属性魔法：4』『光属性魔法：4』
『闇属性魔法：3』『雷属性魔法：4』『氷属性魔法：3』『聖属性魔法：4』
『無属性魔法：2』『錬金：3』
【特殊能力】『記憶能力向上』『世界言語』『経験値補正：10倍』『神のベール』

『神技：神秘の聖光』『悪・神従魔魔法』『召喚』『神技：神の楽園』
【加　護】『サマディエラの加護』『マジルトの加護』『ゴルドラの加護』
【称　号】『転生者』『神を宿し者』『加護を受けし者』『信仰者』『限界値に到達した者』
『神者』『教師』『最高の料理人』

訓練のおかげで、能力値が上がっている。

「……ん？　『調理』スキルがレベル5になって、新しく称号が増えてる」

独り言を呟きつつ、『鑑定眼』で称号を調べてみる。


『最高の料理人』

『調理』スキルをレベル5にすることで取得できる称号。調理した際、完成した料理の味を上げる。


「なんか『調理』と効果が重複している気がするけど……まあ、より美味しいものが作れるようになったという感じかな？」

その後、欠伸しながらリビングにやってきた義父さんに『最高の料理人』の称号を獲得したと報告する。

すると、義父さんは目を丸くした。

「そんな称号を持っている奴、俺の知り合いにもいないぞ。本当にすごいな、ラルクは」

そして、頭を撫でてそう褒めてくれた。

そのとき、リンが朝食を運んできてくれたのでみんなで食べる。

食事中、義父さんが話しかけてきた。

「今日の本戦は、俺とリンも観戦に行くからな」

「え？　そうなんですか？」

「本戦は一般の人も見に行っていいんだよ。全部食べたら、一緒に学園に行くか」

「はい、そうしましょう」

これは恥ずかしい試合はできないぞ。

朝食後、義父さんとリンと一緒に学園に向かう。

正門の前で二人と別れ、義父さん達は観客席に、俺は選手用の待機室に向かった。

待機室に入ると、一人の生徒が座っていた。昨日、予選第三グループで勝ち上がったCクラスの子だ。

とりあえず近付いて挨拶する。

「おはよう。えっと、君の名前は……」

「あっ、おはようございます！　俺はCクラスのリゼルと申します！」

リゼルと名乗った男の子は、立ち上がってビシッと頭を下げてきた。

「う、うん、俺はラルクって言います。よろしくリゼル。ところで、俺とリゼルは同じ学年なんだから、敬語は使わなくていいよ？」

そう言ったら、なぜか首をブンブンと横に振られてしまった。

「とんでもないです！　どうか俺のことは気にしないでください！」

「そ、そう？」

よく分からないが、本人がそう言うなら放っておくか。

その間、リゼルの横の椅子に座って他のみんなが来るのを待つ。

リゼルは背をピンッと伸ばし、緊張した様子で俺の顔をじっと見つめていた。

いたたまれなくなってきて、俺はリゼルに尋ねる。

「……もしかして、何か俺の顔に付いてる？」

「あっ、いえっ！　違います！　ただ、学園一の天才と称される方に会えて感激しちゃって……」

「が、学園一の天才？　誰がそんな恥ずかしいことを？」

ぎょっとして聞くと、リゼルはきょとんとした顔をした。

「えっ？　みんな言ってますよ！　それにラルクさんは学生の身でありながら冒険者としても目覚ましい活躍をしているともっぱらの噂ですよ！　しかも王都で一番人気の食堂も経営しているって聞きました。商人としての才能まで豊かなんですね！」

とてつもない褒め殺しにあってしまった。

嬉しくもあるが、今は恥ずかしいという気持ちのほうが強い。なんか噂も大げさだし。

とりあえずお礼を言って、そんなに褒めないでほしいと伝える。

リゼルは不思議そうな顔をしていたが、「そういうことでしたら」と頷いてくれた。

「しかし、そんな噂が流れていたとは思わなかったな……」

「結構他のクラスの間でも有名ですよ。あ、それじゃあ〝ラルク君を遠くから見守る会〟の存在も知らないんですか？」

「……何それ？」

「まあ、ファンクラブみたいなものですね。会員は名前の通り、ラルクさんの普段の生活を遠くから見守っているんです。あれ、てっきり公認なのかと思ってました」

「そんなの公認するわけないだろ……」

突然衝撃の事実を告げられ、俺は机に顔を突っ伏したのだった。

11　闘技大会本戦

意気消沈しているとレック達が待機室にやってきて、俺の顔を見て怪訝な顔をする。

「どうしたの、ラルク君？　顔がトマトみたいな色になっているけど」

「いや、実はそこにいるリゼルからとんでもない話を聞かされてね……俺のファンクラブがあるとか……」

「ああ、〝ラルク君を遠くから見守る会〟のことね」

「そうそう……え？　知ってたの？」

驚いて聞くと、レックはさらに驚くべきことを言いだす。

「知ってるも何も、僕達Aクラスはみんな会員だからね」

「は？」

「なんか今は規模が大きくなって他のクラスや学年にも会員がいるけど、元々はAクラスで発足した会なんだ。発案者はリアちゃんなんだけど……」

そのとき、後ろにいたセーラが慌てたようにレックの背中を小突いた。

「レック君、それは内緒だよッ！」

「あ、そうだった……」

慌てて自分の口を塞ぐレック。

しかし、俺は聞いてしまった。

俺は待機室をこっそり出ようとしていたリアに声をかける。

「リア、ちょっと来てくれるかな？」

リアはギクッとしたあと、ソワソワとしながらこちらに来る。

「ど、どうしたのラルク君？」

「今、レックが口にした件について説明してくれる？」

「だ、だって……ラルク君は学園でも注目されやすいから。邪魔しないようにみんなで決め事をして連携を取ろうかなって思って」

「気遣ってくれたのはありがたいけど……できれば解体してくれると嬉しいかな」

「はい……」

リアは無念そうに返事した。

顔から熱が引いてきた頃、カール先生が待機室にやってきた。

「皆さん、集まっていますね。では、今からトーナメント一回戦の相手を発表します」

そう言って、カール先生は手に持っていた大きな用紙を両手に広げてこちらに見せてきた。

用紙には、トーナメント表が書かれていた。一回戦の相手はそれぞれ次の通りである。

第一試合　レック対ドラン
第二試合　ローゼリア対カグラ
第三試合　ラルク対セーラ
第四試合　リゼル対レオン

俺の相手はセーラか……

ちらりとセーラを見ると、緊張したような表情を浮かべていた。

トーナメント表を見たドランがレックに声をかける。

「おっ、俺の最初の相手はレックか。よろしくな」

「うん、よろしくね。でも一回戦からドラン君と戦うのか～……」

「ああ、お互い全力で頑張ろう」

二人はがっちりと握手して、カール先生に連れられて待機室をあとにした。

窓から試合場を見ることができるので、俺達は窓際に移動してドラン達の試合を見守る。

二人は緊張した面持ちで入場し、所定の位置で相対する。ドランは木剣を持ち、レックは素手だった。

「制限時間はなし。どちらかが場外に出るか、意識を失ったら試合終了です。それでは、はじめ！」

審判の先生の言葉とともにゴングが鳴らされた瞬間、レックが全速力で後方に跳んだ。

ほぼ同時に、ドランが先ほどまでレックがいた位置に接近して斬りかかるが、一瞬先にレックが後ろに下がったので攻撃が空振りしてしまう。

魔法使いタイプのレックは、接近戦に持ち込まれたらドランに敵（かな）うはずがない。それはお互い分かっていたから、レックは距離を取ろうと、ドランは逆に詰めようとしたのだろう。ただ、わずかにレックのほうが動きだしが速かった。

その後、レックは得意の闇属性魔法ではなく風属性魔法を使って遠距離からドランを攻撃する。

「レック君、昨日と戦い方が違いますね。予選で見せたあの魔法は使わないんでしょうか？」

その戦い方を見ていたリゼルが、不思議そうに言った。

俺はリゼルの疑問に答える。

「予選で使った魔法は、精神が強靭なドランには通用しないからね。他に有効な足止め用の魔法もないから、ああやって遠距離から戦うしかないんだよ」

「でも、それだと勝機がありませんよね？　ドラン君、全然効いてなさそうだし……」

リゼルの言う通り、ドランは向かってくる風の刃を剣圧で全て吹き飛ばしていた。ただ、今度は無理に間合いを詰めようとせず、静かにレックの次の動きを探っている。

「レックにはまだ切り札があるからね。きっと、ドランが不用意に近付いた一瞬の隙を狙って最大出力の闇属性魔法を撃とうとしているんだろう」

「闇属性魔法ですか……」

「うん。絶大な威力だから、食らえばタフなドランだって一撃でやられてしまう。そのことはドランも承知しているから、ああやってレックの魔力が尽きるのを待っているんじゃないかな」

試合はしばらく膠着状態が続いたが、意外な形で決定的な瞬間が訪れる。

「……ッ！」

ドランが木剣で風の刃を受け止めた際、武器がすっぱりと真っ二つに切れてしまったのだ。

「ッ！」

チャンスと見て、レックが闇属性魔法を放とうと魔力を練る。

しかしドランが切れた武器を思いっきり投げつけて、レックの顔に当てた。

わずかに怯んだ隙をつき、ドランは全速力でレックに近付く。

そしてそのまま服を掴むと、全力で投げ飛ばした。

レックの体が試合場の外に叩きつけられ、決着する。一回戦の第一試合は、ドランの勝利だ。

審判の先生が「それまで！」と言い、二人をもう一度所定の位置に立たせる。

互いに礼をし、負けたレックは観客席に行き、勝ったドランは待機室に戻ってきた。

「ふぅ、一試合目からギリギリだったな……」

「お疲れ様。いい試合だったよ」

俺が声をかけると、ドランが嬉しそうな笑みを浮かべる。

「ああ、ありがとう。アクシデントがあったときは終わったかと思ったが、なんとか勝ちを拾えたよ」

「うん。レックが勝負を急がずに遠距離からの攻撃を続けていたら、結果は違っていたかもしれないね」

ドランと話していると、カール先生が第二試合のリアとカグラを呼びに来た。

リア達が立ち上がった際、俺は「頑張ってね」と声をかける。

二人は真剣な表情で頷き、待機室を出た。

「リアさんとカグラちゃん、どっちが勝つと思う？」

俺の横に座っていたレオンが聞いてきた。

「うーん……リアの魔法の腕はすごいけど、カグラはとにかく速いからなぁ。レックがやったときみたいに、遠距離から魔法で足止めするのは無理だと思う。ただ、頭のいいリアはそれを踏まえて対策を立てているだろうし、正直分からないかな」

「ラルク君でも分からないんだ。じゃあ、見守るしかないね」

話をしているうちに、ゴングが鳴る。

試合開始と同時に、リアはレーザーのような光線をカグラに放った。

しかし、カグラはその魔法を容易く避けると、『身体能力強化』で自らの脚力を上げる。

そのままカグラは目にも留まらぬ速さでリアに近付き、短剣で斬りかかる——かと思いきや、火属性魔法で大きな火球を作り出した。

リアは水属性魔法で火球を消したが、カグラは魔法を盾にしてリアの懐に入っており、今度こそ短剣を振りかぶる。

しかし、その一撃は空振りに終わった。俺は『鑑定眼』で見ていたから分かったが、リアは全身に風の防壁をまとっており、短剣の軌道が逸らされたのである。

リアとカグラは互いに距離を取り、目まぐるしい一連の攻防が終わる。

観客席はシーンとしていたが、やがてどっと湧いた。見事な動きを見せた二人に拍手と歓声を送っている。

二人の戦いはその後も続き、両者一歩も引かない試合展開が繰り広げられる。

先に勝負の拮抗(きっこう)を崩したのはカグラだった。

魔力切れを起こし、『身体能力強化』の効果が切れたのである。

スピードが落ちたカグラにリアの魔法が当たり、場外に吹き飛ぶ。

こうして第二試合はリアの勝利となった。

「疲れたぁ～」

「お疲れ様、リア。すごかったよ」

試合が終わり、待機室に戻ってきたリアに労いの言葉をかける。リアは「ありがとう」と笑っていた。

数分後、カール先生に俺とセーラが呼ばれる。

試合場に出てくると、観客席から「ラルクー！」という野太い声が聞こえてきた。

そちらに目をやると、義父さんとリンとアスラ、それとドルトスさん達が手を振っているのが見えた。

試合場に上ると審判の先生の指示があり、向かい合って立つように言われる。

互いに礼をしたあと、ゴングが打ち鳴らされた。

まず、セーラが俺に向かって水の竜を放ってきた。

俺は風属性魔法を応用して空を飛んで攻撃を避け、さらに追いすがってきた水の竜を雷属性魔法で雷を落として粉砕した。

「それじゃ、次はこっちから行くよ！」

地面に着地した俺は火属性魔法と闇属性魔法を合成し、黒い炎をセーラに向けて撃つ。

これは俺が合宿中に編み出したオリジナルの魔法。名付けて〝黒炎〟といったところか。まあ、見た目そのままのネーミングだ。

セーラは単純な防御魔法では防ぎ切れないと見たのか、もう一度水の竜を生成し、〝黒炎〟にぶつけて相殺しようとする。

しかし、こちらの〝黒炎〟のほうが威力が高く、水の竜は完全に蒸発した。

一方、〝黒炎〟は威力は落ちたものの完全には消えず、大技を使って隙ができたセーラに直撃する。

セーラはなんとか魔法を耐えたが、尻もちをついてしまった。

俺は素早く距離を詰め、セーラの目の前に手をかざす。

「動けばもう一度〝黒炎〟を撃つ。勝負あったかな」

「……うん、降参します」

セーラが悔しそうに言い、それを聞いた審判が「それまで！」と告げる。

試合が終わった瞬間、観客席がわっと盛り上がる。ちらっと義父さんのほうを見たら、ドルトスさんと抱き合って喜んでいた。

セーラは俺の手を取って立ち上がり、悲しげに言う。

「うぅ、相手がラルク君とはいえ、少しは私も戦えると思ったのにな……」

「いや、セーラは十分強かったよ。俺は冒険者としても活動しているからレベルが高くて、その分有利だったってだけさ」

「じゃあ私も、今後はレベル上げをしようかな。ラルク君、今度狩りに連れていってよ。一年前にも約束したのに、結局行かなかったでしょ？」

「うっ、そういえば……分かった。それじゃ今度みんなも誘って一緒に行こうか」

そう約束して、俺はセーラと別れて待機室に戻る。

待機室へと戻ってくると、リゼルが目を白黒させながら近付いてきた。

「どうしたの？」

「ラ、ラルクさん。空を飛んでませんでした？」

「あぁ、アレは風属性魔法で気流を作って体を浮かせたんだ」

「そんなことできるんですか？」

「まあ、かなりの練習がいるけどね」

ちなみに、アスラとレックも空を飛べる。レックはアスラよりあとにこの魔法を覚えたから、まだ空中に少しだけ浮かぶ程度だが。

「それより、次はリゼルの試合でしょ？　頑張ってね」

俺が言うと、リゼルは背筋をピシッと伸ばして応える。

「はい、頑張ります！」

その後、リゼルとレオンは待機室を出ていった。

レオン対リゼルの試合は一瞬で終わった。

開始早々レオンが獣化し、リゼルに向かって全力で体当たりしたのである。

獣化したレオンの迫力に立ちすくんだのか、それとも単に反応できなかっただけか。

とにかく、リゼルは体当たりを避けられずに場外へと吹き飛ばされた。

そのまま起き上がらないところを見ると、意識を失ったらしい。

リゼルは担架で運ばれ、レオンは心配そうな顔をしながら待機室に戻ってきた。

「リゼル君、大丈夫かな……？　気絶していたみたいだったけど……」

他人事（ひとごと）みたいに言っているが、気絶させたのはレオンだ。

あの威力はちょっと洒落（しゃれ）にならないな……準決勝でレオンと戦うときは、何か対策を立てないと。

考えていたら、カール先生が今から一時間の昼休みを取ると伝えに来てくれた。午後から準決勝、そして決勝だ。

俺達は待機室を出て、レック達がいる観客席に移動した。

お昼ご飯として用意していた料理を『便利ボックス』から取り出し、みんなと一緒に食べる。

昼食中、レックが質問する。

「次は、ドラン君とリアちゃんの試合からだよね？」

「そうだよ。ドラン君、私、絶対に負けないから覚悟してね！」

リアがドランに宣戦布告した。

サンドイッチを食べていたドランは、口の中のものをゴクリと呑み込んで答える。

「ああ、俺も負けるつもりはない。準決勝、楽しみにしているぞ」

リアとドランがそんなやり取りをしている横で、レオンは浮かない顔をしていた。

「どうしたの、レオン？」

気になったのでそう聞いたら、レオンはぽつぽつと話しだした。

「……実は、このあとラルク君と戦うって考えてたら緊張してきたんだ……こんなことを本人に言うのも変だけどさ」

すると、セーラがレオンの背中を叩いて元気付ける。

「大丈夫だよ。私も一回戦でラルク君と戦うって分かったときは緊張したけど、試合場で向き合ったらそんな気持ちはどこかに消えちゃったもん。だからレオン君、私の仇（かたき）を取ってね」

「……うん、分かったよ」

レオンの顔が少し明るくなった。多少緊張が和（やわ）らいだようだ。

食事を終え、昼休み終了の時刻になったので待機室に戻る。

待機室では、すでにカール先生が待っていた。

「それでは、次の試合はローゼリアさんとドラン君になります」

「「はい」」

リアとドランが試合場へ向かう。

残った俺とレオンは窓際に移動して試合を見守ることにした。

リア対ドランの試合は、開始直後から予想外の展開を見せた。

俺はリアが、一回戦のレックと同じように距離を取って戦うのだろうと思っていたのだが、なんと彼女は自分からドランに近付いていったのだ。

「ら、ラルク君。リアちゃんのほうから接近していったよ!?」

「うん……俺も驚いた。まさか魔法タイプのリアがあんな大胆な行動を取るなんて……」

意表をつかれたのは、ドランも同じだったらしい。

ドランは対応が一瞬遅れてしまい、リアが作った光の鞭によって足首を縛られてしまった。

リアが自分の体を軸にしてグルグルと回転しながら鞭を振り回し、勢い良く手を離す。

ドランはそのまま場外に落ちるかと思いきや、空中で器用に足首の鞭を外し、不慣れな風属性魔法で自分の背後に暴風を起こしてなんとか試合場のギリギリ端っこに着地した。

「すごいな、ドラン。あの状況から戻ってこられるなんて……」

「ドラン君は一番シャファル様やグルドさんに投げ飛ばされていたからね。あの体勢から場内に復帰する練習もしていたんじゃないかな？」

レオンの言葉に俺は「なるほど……」と納得する。

ドランは体勢を整え、リアに向かって走りだす。

近付けまいと魔法を撃ち続けるリアだったが、ドランは全てをすり抜けて彼女の目の前に立った。

リアはあらゆる魔法を駆使してドランと接近戦を繰り広げたが、流石に分が悪い。やがてリアは魔力が底をつき、ドランの剣先が喉元に突きつけられたところで降参を宣言した。

ドランは待機室に戻ってくるなり、疲れた様子で椅子にどさっと座る。「お疲れ様」と声をかけても、手を挙げて応えるだけでしゃべらない。レック、リアとの連戦でスタミナをかなり削られたみたいだ。

数分後、待機室に先生が俺達を呼びに来たので、レオンと一緒に試合場へ移動する。

向かい合って立つと、レオンの足が震えているのが分かった。

「レオン、そんなに緊張しないで」

「うう、だって……」

一応言ってはみたが、あまり効果はなかった。むしろ悪化して、今にも泣きそうになっている。

と、そのとき観客席のほうからセーラの声が聞こえてきた。

「レオン君、頑張れ！　ラルク君に一発頼むよ〜！」

「……」

声援が効いたのか、レオンの震えが止まった。

試合開始を告げるゴングが鳴り、レオンは獣化する。

『鑑定眼』で見たところ、獣化した状態でさらに『身体能力強化』も上乗せしているようだ。

レオンが低く身をかがめ、先ほどリゼルを吹っ飛ばしたときのように突撃してくる。

「ッ!!」

あの攻撃を真正面から受け止めるのは無理だ。

俺は咄嗟に土属性魔法で目の前に壁を何重にも作って防御する。

レオンは構わず突進して壁を全て破壊したが、先ほどと比べてスピードが落ちている。

「なんの作戦もなくぶつかってくるのは得策じゃないよッ！」

俺は炎と雷の二つを合成させた〝炎雷〟を拳にまとわせ、レオンの突進を横にかわしてがら空きの脇腹を殴った。

「グッ!!」

苦悶の声を上げ、レオンが数メートル吹き飛ぶ。惜しいことに場外にはならなかった。

攻撃をまともに食らったはずだが、レオンは普通に立ち上がった。流石のタフネスだ。

「魔法を拳にまとわせるなんて、やっぱりラルク君はすごいよ」

「俺も驚いたよ。まさか平然と立ち上がるとはね。さて、次はこっちから行くよ」

「うん、かかって来てッ！」

俺は全身に『身体能力強化』を施し、さらにこっそり雷をまとう。そして空中に浮かび上がり、レオンに体当たりした。

レオンは避けずに俺の体を受け止めたが、感電して表情を歪ませた。

「うっ……」

流石に今の攻撃は効いたようだ。

すると、レオンは俺の体を投げ飛ばし、先ほどよりもさらに速い動きで突っ込んでくる。

着地の隙を狙われた俺は突進を回避できず、レオンの重たい拳を腹に受けてしまった。

反射的に風属性魔法で自分の体を後ろに飛ばしたが、完全に勢いを殺すことはできなかった。

ゴホッと咳き込むと、口から血が吐き出される。

今の攻撃で、肋骨が折れたかもしれない。もし風を起こさなかったらと思うとゾッとするな。冗談抜きで全身がバラバラになっていたかも。

だが、まだ動ける。

「やるね、レオン！」

俺は自分の体を聖属性魔法で治癒しながら、時間稼ぎのために〝黒炎〟を放った。

レオンは恐ろしいことにブレスで〝黒炎〟をかき消したが、その頃には俺の傷の治療が完了する。

それから俺は全身を魔法で強化してレオンと肉弾戦をやり合った。

両者互角の戦いが続いたが、先にレオンの『身体能力強化』の効果が切れる。そこに俺の攻撃がクリーンヒットし、レオンはその場に昏倒したのだった。

審判の先生が試合終了を告げ、俺はすぐに聖属性魔法をレオンにかける。

外傷は治ったが意識までは戻らず、レオンは担架で運ばれていった。まあ、軽い脳震盪だと思うからすぐに目を覚ますだろう。

歓声に手を振って応えつつ、試合場をあとにする。

待機室に入ると、椅子に座っていたドランと目が合った。

「やっぱり、勝ったのはラルクだったな」

「うん。模擬戦の借りを返すときが来たよ」

「ああ。次も負けるつもりはない」

短く会話したあとは俺も座り、お互い無言で先生が呼びに来るのを待つ。

やがて、カール先生がやってきた。

「ラルク君、ドラン君。決勝戦の準備が整ったから、会場に行きましょう」

その言葉を合図に、俺達は椅子から立ち上がり部屋を出る。

会場に向かう途中、しんとした空気の中でドランから「ラルク」と話しかけられた。

「何？」

「……決勝戦は全力で戦ってほしい。今までの試合、ラルクは本気を出していなかっただろう？」

俺は思わず足を止める。

「……一応言わせてもらうけど、手を抜いていたわけではないよ。それはドラン含め、みんなも分かってくれていたことだと思うけど」

ドランの言う通り、今回の大会では、確かに俺は本当の意味で全力を出していない。

というのも、試合中は相手の命に危険が及ぶような魔法や技を封印していたのだ。

ただ、それ以外は本気で戦っている。

「ああ。確かに全員気付いている。それを踏まえて頼んでいるんだ」

「……本当にいいんだね？」

「遠慮しないでやってほしい。今の俺がどれだけ通用するのか知りたいんだ」

ドランはまっすぐ俺の目を見てそう言った。

これは断れる空気ではなさそうだ。

「分かった」

俺は短く言って、再び歩きだした。

試合場に着くと、割れんばかりの歓声が全身を包む。

俺は所定の位置に着き、ドランと対峙（たいじ）した。

ゴングが鳴り、俺とドランは同時に自分の体に強化魔法を施す。

俺は『身体能力強化』を使ったが、ドランは別の魔法を使ったようで、全身から赤いオーラが出ている。

あれはおそらく、『狂化（きょうか）』というスキルだろう。以前、ニホリの里で出会ったオーガの亜種（あしゅ）が使っていたのを見たことがある。

剣術で戦いたかったという思いはあるが、今はドランの願い通り、俺の持てる力の全てをぶつけよう。

俺は腰に差していた木剣を抜くことなく、土属性魔法を使い、試合場の地面を平地からでこぼこした地形に作り直した。足場を悪くして、ドランの機動力を奪う作戦だ。

その後、風属性魔法で飛行し、上空から雷属性魔法で無数の雷を落とした。一つ一つに、普通の人間が直撃したら黒焦げになるレベルの威力がある。

その雷をドランは素早い動きで避け、隆起した地面を足場に俺のもとへ飛んできた。

「ドラン、空中じゃ俺のほうが有利だッ！」

そう言いながら最大出力で〝炎雷〟を放出する。

しかし、ドランは空中で身をよじり、ギリギリのところで避けた。

「ラルク、俺の速さを見誤ったなッ！」

「ッ！」

ドランが俺の頭に剣を振り下ろしてきた。

咄嗟に両腕でガードしたが、そのまま俺は地面に落とされる。

ドランも着地して追撃を仕掛けてこようとしたが、一瞬速く俺が氷属性魔法でドランの足を凍り付かせた。

動きが止まった隙に、俺は体勢を整えてとどめを刺すための魔法を準備した。

「ドラン。これで終わりだ」

火、風、雷の三種類の属性魔法を合成し、全力で撃つ。

足が凍って動きが鈍ったドランは、避けられないと悟るとガードの構えを取る。

だが、これで決着だ。

魔法がドランに直撃し、大量の黒煙が立ち昇って試合場を覆いつくした。

俺は黒煙が晴れる前に、急いでドランに駆け寄る。

魔法を受けたドランは、かなりの大怪我を負っていた。出血が激しく、意識を失っている。

俺は『神秘の聖光』をドランに使い、全ての怪我を完全に治癒する。

すると、ドランの体が光に包まれ、一瞬にしてあらゆる傷が癒えた。

「……」

「ふぅ……なんとか間に合ったか」

胸を撫で下ろし、元の位置に戻る。

やがて、黒煙が晴れた。

審判の先生がドランに近寄り、気絶していることを確認する。

「それまで！　優勝者はラルク・ヴォルトリス君です！」

「……よっしゃぁ！」

審判の先生の言葉を聞いた瞬間、俺はガッツポーズを取った。

観客席から無数の拍手が送られる。義父さんやリン達、Aクラスのみんながいるほうを見ると、全員笑顔で拍手してくれていた。正確に言うと、義父さんだけは号泣していたけど。

その後、閉会式が行われ、俺は学園長から花束と優勝者の証を授与される。

闘技大会はこうして幕を閉じた。


閉会式が終わって、義父さんとリンが俺のもとにやってくる。

「本当におめでとう、ラルク」

「おめでと～！　今日は祝賀会だね。一緒に帰ろうよ」

「ありがとう、リン。だけど、義父さんと一緒に先に帰っててくれないかな。俺はちょっと寄りたいところがあるんだ」

俺が言うと、二人は顔を見合わせて不思議そうな顔をしたものの、頷いて先に帰っていった。

俺は二人を見送ったあと、医務室に向かう。レオンとドランの様子を見に行くのだ。

医務室に着くと、ドランがベッドで目を開けたまま横になっていた。

ベッドの近くに寄ると、こちらに気付いて身を起こす。

「ドラン、起きてたんだ。レオンは？」

「先に目覚めて帰ったそうだ。それよりラルク、優勝おめでとう」

「うん、ありがとう」

それからしばらく沈黙が流れるが、やがてドランが「ありがとうな」と言った。

「え？」

「手加減抜きで戦ってくれたこと、それと俺の傷を治してくれたことだよ。俺のワガママに付き合わせて悪かったな。この埋め合わせはいつか必ずするよ」

「……それじゃあ、さっそくお願いがあるんだけど」

「なんだ？　俺にできることならなんでも言ってくれ」

「また今度、俺と模擬戦をしてほしいんだ。魔法は抜きで、純粋な剣術だけのね」

「……」

ドランがきょとんとしていたので、俺はニヤリと笑って言葉を続ける。

「ほら、俺、ドランには剣術で負けたままでしょ？　だからリベンジしたいんだよね。今度は俺のワガママに付き合ってよ」

「……ああ。受けて立とう。ただ、俺はそう簡単には負けてはやらんぞ？」

「望むところだよ」

俺とドランは互いの顔をじっと睨み、なんだかおかしくなって笑い合ったのだった。

12　二号店始動

闘技大会が終わった数日後。

俺は現在、ルブラン国の〝銀竜亭〟という宿に滞在していた。

ついに二号店のオープンの目処が立ったので、そのための最終調整をしに来たのだ。ちなみに、義父さんにはちゃんと外泊と学園を休む許可を取ってある。

銀竜亭はルブラン国の中でも有名な宿らしい。昨日から泊まっているのだが、とても居心地が良くて人気が出るのも頷ける。

そして、今は朝食を宿の食堂で摂っているのだが……俺の前に、不機嫌な顔をしたアスラが座っている。

「ここもいい宿だと思うけど、なんで僕の家に泊まってくれないかな～」

「自分の用事を片付けに来ただけなのに、お城でお世話になるのは申し訳ないからだってさっき説明しただろ。それにアスラ……俺がこっちにいる間は、レティシアさん達と一緒に依頼をこなしておくようにって伝えていたはずだけど、なんでここにいるのかな？」

「きょ、今日はレティシアさんとリンちゃんが道具の調達に行くから、休みになったんだよ」

慌てたように弁解するアスラ。

「道具の調達も立派な冒険者活動だ。パーティの仲間として一緒に行くべきじゃない？」

「いや、レティシアさん達が服も見に行くって言うからあんまり気が乗らなくて……というか、ラルク君にだけは言われたくないよ。パーティリーダーの癖にほとんど一緒に活動してないでしょ」

「うっ……痛いところを突くな……はぁ～、まあいいか。でも今日は別に面白いことはしないよ？」

「ラルク君の近くにいれば何かしら面白いことは起きるさ」

アスラはなぜか自信満々にそう言った。

朝食を食べ終え、俺達は二号店に移動する。

アスラと内部を改めて見て回っていると、視察の際には気が付かなかった地下室への秘密通路を偶然発見した。

地下室があるなんて意外と色々ある建物だな～、と思いつつ通路に入ってみる。

階段を下りた先には、頑丈な作りの扉がドンッと設置されていた。ところどころ錆びていて、おどろおどろしい雰囲気がする。

鍵穴が見当たらないのでとりあえず開けようとしたが、建て付けでも悪いのかピクリとも動かない。

「ラルク君。この扉、なんだかヤバそうじゃない？」

「……うん。お化けとかが出てきそうな雰囲気だ。一旦外に出て、ベルベット商会に行って話を聞こう」

俺達は急ぎ足で階段を駆け上がり、建物を出てベルベット商会に向かった。

受付の方に事情を説明して会長室に通してもらい、エレナさんに扉のことを伝える。

「えっ？　秘密通路を見つけて、しかもその先に変な扉があった？」

エレナさんは寝耳に水だという反応をした。

「変ね。私があの建物を買い取ったときは地下室があるとは聞かされていなかったけれど……ちょっと調べてみましょうか。念のため、うちの商会で雇っている用心棒も同行させるわ」

エレナさんがそう言ってくれたので、一緒にベルベット商会を出て例の地下室に向かう。

秘密通路を見ると、エレナさんは目を丸くする。

「こんなところに通路が……」

「えぇ、俺達も偶然発見したんですよね……ほら、アレです」

そう言って下り階段の先にある扉を指差す。

「確かに、ちょっと不気味な扉ね……よし、壊しましょうか」

「「えっ……!?」」

突然の提案に、俺とアスラは同時に声を上げた。

「あ、勝手に決めちゃまずいわよね。今のオーナーはラルク君だから、駄目って言うなら壊さないわ」

「いや、壊すこと自体は全然構わないんですが、そんなことをしたら祟られたりしませんか……？」

俺が聞くと、エレナさんはきょとんとする。

「具体的に誰に祟られるの？」

「……そう聞かれると分からないですけど……」

「じゃあ大丈夫ね。ラルク君も商人なら、非現実的なものは信じちゃ駄目よ。それであの扉、壊していいかしら？」

「あ、はい……大丈夫です」

「ありがとう。それじゃあ、あとはお願いね」

エレナさんが用心棒さんに言ったら、彼はどこからかハンマーを取り出して扉に近寄る。

そして思いっきりハンマーを叩きつけ、扉を粉々に粉砕した。

「……」

商人ってお化けとか怖くないのかな？

地下室の中に入ると、使用された形跡のない寝床があった。それ以外に家具らしきものはない。

また、奥のほうに通路が伸びていたが、調べてみたら建物内の他の部屋に繋がっているだけだった。

「……もしかして、この地下室って避難所ですかね？　災害が起きた際に身を隠すために作られたとか」

「ありえるわね。部屋の様子を見る限り、造られてから相当な年月が経っているみたいだわ。お爺ちゃんもすっかりこの地下室のことを忘れて、私に売り払ったのかもしれないわね」

蓋を開けてみれば、なんでもないオチだった。変に怖がって損したな。

俺とアスラはエレナさんにお礼を言い、仕事があるからと言って商会に帰る彼女と、用心棒さんを玄関まで見送った。

色々と騒いだらお腹が空いたので、厨房で食事を作りアスラと昼食を食べる。

（ラルク君、今いいかしら）

食事中、いきなりゼラさんの念話が飛んできた。今から楽園に来てほしいのだとか。

アスラにはこのまま建物で待っててもらうことにして、俺は一人で楽園に入る。

「どうしたんですか？」

門の正面で待っていたゼラさんに聞く。

「実は今日、セヴィスのところに行くって約束をしていたのを今思い出したのよね。だから門を開いてほしかったの。ありがと～」

ゼラさんはお礼を言って、一人で門を通ってしまった。

慌てて俺も戻ると、いきなりセヴィスさんが俺達の目の前に転移してきた。

「ゼラさん、約束を忘れるのは悪魔として常識がなっていませんよ……」

「わ～、ごめんってばセヴィス。そんなに怒らないでよ～」

怒っている様子のセヴィスさんに、ゼラさんが少し怯(おび)えながら言う。

セヴィスさんはため息をついて、ゼラさんの肩に手を置いた。

「それでは、しばらくの間ゼラさんを借りていきますね」

そのまま二人は転移魔法で消えた。

……あ、またゼラさん達がどこに行ったのか聞くのを忘れた。

まあいいか、今度暇なときにでも尋ねてみよう。

アスラのところに戻って再び昼食を食べる。

食事が終わったあと、俺達は店の備品を探しに商業区に行きブラブラと見て回ったのだった。

◇

ルブラン国に来て八日目。二号店の内装も大方固まり、こちらの店で働いてもらう従業員の方の育成も進んだ。

俺は今日、新人研修の様子を見に来ていた。ちなみに、アスラは今日はいない。

料理人への研修は、レコンメティスからこちらの店に異動してもいいと言ったベテラン料理人のニコラさんが行っている。

俺は厨房に行って、研修の様子を確認してみた。

「ニコラさん、研修どんな感じですか？」

「あっ、ラルクさん。はい、大分いい感じですよ。皆さん熱意がすごくて、教えたことをなんでも吸収しています」

嬉しそうにニコラさんが言うと、ルブラン国支店で新しく料理人として雇ったボルさんとレドさんが「ニコラさんの教え方が上手いからですよ」と照れ臭そうに笑う。

今現在、こちらの店にいる料理人はこの三人だ。実際に営業を始めてみて、足りないようであればさらに人数を増やすことも考えている。

すると、ニコラさんがしみじみとこう言った。

「しかし、ラルクさんのお店もついに国外進出ですか。ナラバ師匠が働いているお店だから、いつかはこういう日も来るだろうと思っていましたが、まさかこんなに早いとは思いもしませんでした」

「そうですね。周りの人に恵まれた結果ですよ。本当にありがとうございます」

そう言ったあと、厨房を出てカウンターのほうに向かう。

カウンターでは、ソーナさんがホール担当の新人の方々に接客のやり方を教えていた。

ソーナさんはこちらに気付き、手招きしてくる。

「あっ、ラルク君。来てたんだ〜」

「ソーナさん、お疲れ様です」

俺が近寄ると、新人の方々がペコリと頭を下げる。

「あっ、こんにちはですラルクさん」

「こんにちはです」

先に挨拶したほうが姉のミリーネさんで、続いて挨拶したのが弟のリクさん。二人は双子の姉弟である。

二人とも接客に興味があって俺の店で働いてくれることになったんだよね。

それからソーナさん達ともちょっと話し、俺はベルベット商会に行く。そしてエレナさんに、最終調整が終わったからもう少ししたらレコンメティスに帰りますと伝えた。

「あ〜、そっか。ここしばらくラルク君がいたから、もうこっちに住むのかと思っていたわ」

「あはは、まだ俺は学生の身ですからね。流石にこれ以上は休めないです。それにあっちには義父さん達もいますから、離れる気はありませんよ」

「気が変わったらいつでもこっちに移住していいんだからね？」

「はい、ありがとうございます」

さて、オープンの準備は全部整った。

こっちの国でも、繁盛してくれるといいな。

13　友人の恋愛事情

二日後、俺はレコンメティスに帰ってきた。

久し振りの我が家に懐かしさを感じつつ玄関の扉を開けて中に入り、リビングに向かう。

すると、リンと義父さんが朝食を終えて談笑しているところだった。

二人はこちらを見ると、嬉しそうな顔を見せる。

「おかえり、ラルク」

「ラルク君おかえり〜。私達はご飯を食べ終わったばかりだけど、ラルク君ご飯いる？」

「いや、向こうで食べてきたから大丈夫だよ」

そう言いながら、俺も椅子に座る。

「お店の準備はどうだったんだ？」

「はい、いい感じに進みましたよ。オープンして少し経ったら、また様子を見に行こうと思います」

「そうか。まあ無事に帰ってきて良かったよ。ラルクは何かとトラブルに巻き込まれる体質だから、心配していたんだぞ」

義父さんはそう言って、俺の頭を撫でた。

それから少しルブラン国でのことを話したあと、三人で一緒にギルドへ行った。

ギルドの前で義父さんと別れ、俺とリンは先にいたアスラとレティシアさんのもとへ向かった。

アスラとはたまにルブラン国で会っていたが、レティシアさんとは十日振りだったのでちょっと懐かしい。

「久し振りです、レティシアさん」

「ラルク君久し振り～。ねぇ聞いてよ。ラルク君がいない間に、私達だけで迷宮に行ったんだ。十層まで進んだんだから」

「へ～。それはすごいですね」

「うん、でもそれ以上は無理だったわ」

「十層にいる魔物が強かったんですか？」

俺が聞くと、レティシアさんは首を横に振った。

「そうじゃなくて、物資が尽きちゃってね……ラルク君がいないと、持てる食料や道具に限りがあるから」

「なるほど……それなら、物資を運ぶために収納バッグを購入しますか？」

そう言うと、みんなは「えっ？」という反応をした。

収納バッグとは、その名の通り収納系スキルと同じ効果を持つ魔道具である。ものによって容量は様々だが、基本的にアイテムがものすごくたくさん入る。

みんなが驚いた理由はすぐに分かった。収納バッグはとにかく高価なのだ。持っているのは一部の高ランク冒険者のみで、低ランク冒険者が持つことはほとんどない。

「えっ、でもそんな高級なものを買えるお金なんてないよ」

リンの言葉に俺が答える。

「お金はパーティリーダーとして俺が出すよ。今後、俺と別々の行動をすることも増えるだろうし、あったほうが便利でしょ？」

すると、レティシアさんとアスラが反対意見を述べてくる。

「ラルク君に何もかも甘えるわけにはいかないわ」

「パーティの仲間として、そんな不公平なことはできないな」

二人の言葉にリンもウンウンと頷く。

なるほど、みんなの言葉も一理ある。ということは……

「じゃあ、みんなで稼いだお金なら購入してもいいんだよね？」

「「「えっ……」」」

ポカンとする三人をその場に残し、俺は義父さんの受付に行って帰りが遅くなることを伝える。

みんなのところに戻ってきたあと、俺は高らかに宣言した。

「よし、みんなで迷宮に行こう！」

三人を連れ出し、呼び出したシャファルに乗って迷宮に向かった。

迷宮の前で、俺はレティシアさん達に方針を伝える。

「今回は効率重視で行こう。俺とシャファルが魔物を倒すから、レティシアさんとアスラは迷宮内にある薬草や鉱石の採取を担当して。リンは魔物や罠の警戒を頼むね」

「えっと……ラルク君、これから何を始めるの？」

リンがおずおずと聞いてきた。

「んっ？　金策目的で迷宮を探索するんだよ。迷宮で採れるものはどれも高く売れるからね。魔物の素材も高く買い取ってもらえるから、見つけた魔物は殲滅（せんめつ）するつもり。そこは俺とシャファルに任せてよ」

「我は一言も手伝うとは言ってないのじゃが」

人間の姿になったシャファルの言葉に、俺は「まあまあ」となだめる。

「今夜はご馳走を作ってあげるからさ」

「……仕方ないのう」

はい、これでシャファルの許可をゲット。

というわけで、俺達は迷宮に入っていった。

五時間ほど経ち、『便利ボックス』にたくさんの魔物の素材や鉱石を詰め込んだ。

これくらいで十分かと思い、探索を切り上げてギルドに帰還する。

手に入れた素材を義父さんに査定してもらったら、結構なお金になった。この調子なら二週間もあれば収納バッグが買えるようになるだろう。

アスラはお金の入った革袋を見て、呆然としている。

「す、すごいよ。僕達が十日間で獲得したお金よりもある……」

レティシアさんとリンも唖然としていた。

「まあ、収納系スキルがあると素材をたくさん持ち運べるから、これくらいは稼げるよ」

俺が言うと、レティシアさんが頷く。

「そうね。収納系スキルの大事さが身に染みて分かったわ……」

「やっぱり収納系スキルがあるのって便利だね……」

リンも改めて理解したみたいだ。

俺は「というわけで」と言って、みんなの視線を集める。

「収納バッグを買えるようになるまで、これから毎日迷宮を探索してお金を稼ごうか。みんな、気合入れて頑張ろう！」

その言葉に、みんなは「おー！」と元気良く声を出したのだった。

◇

金策を開始して五日が経った。

この頃になるとみんな迷宮内での動きが最適化されてきていて、金策もスムーズに行えるようになってきていた。

「ラルク君、回収お願い」

「はい、分かりました」

採掘が終わったレティシアさんに呼ばれ、『便利ボックス』に鉱石を入れる。

「それじゃ、今日はこの辺にして帰りますか」

俺の合図にみんなが頷き、迷宮を出た。

ギルドに帰還し、素材を鑑定してもらっていると……

「ラ〜ルク」

誰かに肩を叩かれる。

振り向くと、キドがいた。

「キド、久し振り」

「おう、久し振り。最近、調子はどうだ？」

「まああだよ。キド達は最近見かけなかったけど、どこかに行ってたの？」

「ちょっと実家に帰ってたんだ」

「へぇ～、実家か。そういえば、キドの故郷は結構遠いんだっけ」

「ああ。王都からだと馬車で一週間くらいかかる田舎だよ」

キドはそう言うと、急に声を潜めてくる。

「なあ、ラルク。ちょっと二人で話せないか……？」

「んっ？　別にいいけど」

大事な話みたいだったので、リン達に解散を告げて俺はキドと食堂に移動する。

「それで、どうしたの？」

「あぁ……なあ、ラルク。テラさんって、結婚してたりするか？」

「テラさん？」

テラさんはうちのお店で働いてくれている従業員の女性だ。ミラさんという双子の妹がいて、二人で息の合った接客をしてくれている。

「う～ん、結婚はしてなかったと思うけど」

「そうか……」

ほっと息を吐くキド。

この反応……もしかして。

「キド、テラさんのことが好きなの？」

「……ああ、実は好きなんだ。そこでラルクにお願いがあるんだけど、テラさんに想い人がいるかどうかそれとなく聞いてみてくれないか?」

「俺が? ……キドが直接聞けばいいじゃん」

そう言ったら、ブンブンと首を横に振られた。

「そんなことしたら告白するようなものだろ。まだそこまでの勇気は出ない。せめて好きな人がいるのかどうか確認してからじゃないと……」

変なところで奥手だな……

まあいいか、それくらい。キドは友達だし、後押ししてあげよう。

「分かった。今度お店に行ったときに聞いてみるよ」

「いいのか？」

「もちろん。友達でしょ？」

「ありがとう、ラルク！」

キドが俺の手を強く握ってお礼を言った。

また一週間後にギルドで落ち合うことを約束して、キドと別れる。

それにしても、キドがテラさんを好きだったとは……なんか意外だ。

◇

翌日。俺は朝からキドとの約束を果たすために店に来ている。

まだテラさん達は出勤してきておらず、仕込みを始めていたナラバさんだけしかいなかった。

「おはようございます。ナラバさん」

「おはようございます。朝から店に来るなんて久し振りですね。何か用事でも？」

「ええ、ちょっと。テラさんとミラさんはまだ来てないんですね」

「はい。もうすぐ来ると思いますよ」

ナラバさんの言う通り、テラさん達はほどなくして出勤してきた。

「「あれ、ラルク君」」

テラさんとミラさんが同時に言った。二人は双子で息がぴったりだから、しゃべるときも同時なのだ。

「おはようございます。今日はちょっと久し振りにお店の手伝いにきました」

「「そうなんですか？　ということは、厨房のお手伝いですか？」」

「そうですね。そっちに入ると思いますけど、落ち着いた頃にはホールにも出ますよ」

「「分かりました」」

テラさん達と別れ、俺は厨房に行ってナラバさんの仕込みを手伝う。

やがてお店が開店した。

お店はすぐに忙しくなり、テラさんのことを聞ける感じではなかったので、ひとまず仕事に集中する。

お昼休憩になり、休憩室を覗くとちょうどミラさんだけがいた。彼女に聞けばテラさんのことはなんでも分かるだろう。

「すみませんミラさん、ちょっといいですか？」

休憩室に入って声をかけると、ミラさんがこちらに気付いて振り向く。

「どうしました？」

うーん、ここはストレートに聞いてみるか。

「あの……ミラさんは、テラさんに現在好きな男性がいるかどうか知っていますか？」

そう聞くと、ミラさんは固まってしまった。

「えっと、どうしました？」

「……ラルク君からそのようなことを聞かれるとは思ってもいませんでしたので、少し驚いてしまいました」

「あっ、すみません……実は――」

言葉が足りなかったことを謝り、事情を説明する。

「なるほど、ラルク君のご友人が姉のことを好きと……」

ミラさんはふむふむと頷いた。

「分かりました。私も力になります」

「いいんですか？」

「はい、いつまでも姉妹で一緒にいるわけにもいきませんし、いい機会だと思います。姉に現在特定の想い人はいませんので、ひとまずその男性を連れてきてください。そのときに改めて作戦会議をしましょう」

「ありがとうございます。それじゃ後日、当人を連れてきますね」

意外にもノリノリなミラさんにお礼を言い、俺は休憩室を出る。

それから昼食を食べ、午後の仕事も張り切って取り組んだのだった。

◇

キドと会う約束の日になり、俺はギルドに向かう。

キドは食堂にいたので話しかけて事情を説明し、ミラさんの待つ俺の店へ移動した。

ミラさんにキドさんを紹介する。

「こちらが俺の友人のキドです」

「は、初めまして。キドと言います。よろしくお願いします」

「初めまして、ミラと申します。よくお店へ来てくださっていた方ですよね？」

ミラさんの言葉に、キドが驚いた表情になる。

「顔を覚えてくれていたんですか？」

「はい。時々、姉があなたのことを話していましたよ。常連さんの中にかっこいい方がいるって」

「ほ、本当ですか……！」

おお、まさかテラさん側も高評価だったとは。これはうまく行くんじゃないか？

ミラさんはキドに質問する。

「失礼ながら、ご職業をうかがってもよろしいですか？」

「えっと、俺は冒険者をやっています。近々Cランクに上がる予定です」

「えっ？　すごいねキド」

キドの言葉に対し、俺は思わず声を上げてしまった。

キドは俺のほうを見て、笑顔で言う。

「ドルトスさんと一緒に訓練として色々な依頼をこなしてきたからね。いつの間にかここまで来たんだ。これからも冒険者として経験を積んで、ランクを上げていくつもりだ」

「なるほど……キドさんになら姉を任せても良さそうですね。きっとうまくいくと思いますから、どうぞ告白してあげてください」

「本当ですか⁉」

ミラさんの言葉に、キドが嬉しそうに驚いた。だがしかし、急に不安げな表情を浮かべる。

「どうしたの？」

俺が聞くと、小さな声でポツポツと話しだした。

「いや、その……俺って、今まで告白したことなかったから、なんて言えばいいのか分からなくて……」

「えぇ～……そこは躓(つまず)くところじゃないでしょ」

「じゃあ、そう言うラルクは告白したことあるのか？」

「……ないけど……」

今世はもちろん、前世でも告白したことはない。

誰かキドに効果的なアドバイスをしてくれる人はいないかな、と考えていたら、一人思い当たる人物がいた。

「そうだ、ナラバさんに聞いてみよう。既婚者だし、色々教えてくれるんじゃないかな」

すると、ミラさんも「それはいいですね」と賛同してくれる。

俺は厨房に向かい、ナラバさんを連れてきた。

そして事情を説明すると、快く了承してくれる。

「なるほど……分かりました。自分のことを話すのは少々恥ずかしいですが、若者のために一肌脱ぎましょう」

「ありがとうございます！」

ナラバさんに深く頭を下げるキド。

さっそく俺は突っ込んだことを聞いてみた。

「ナラバさんって、奥さんと付き合うときは自分から告白したんですか？」

「はい、そうですね。私からしましたよ。彼女を食事に誘って、その席で交際を申し込みました」

今度はキドが聞く。

「告白するときはなんて言ったんでしょうか？」

「う～ん、正直頭が真っ白だったのであまり覚えてないのですが……難しいことはせず、自分の気持ちを正直に伝えましたね。誠実な態度が大切なのではないでしょうか」

「な、なるほど……」

その後もみんなで話し合い、キドがテラさんをいい感じのレストランに誘って、食事の席で告白しちゃおう、という結論になった。誘ったその日に告白するのは性急じゃないか？　と思ったのだが、ミラさん曰く、「姉は回りくどいのが好きではないので、それくらいのタイミングでいい」とのことだ。

「ナラバさん、ミラさん、それにラルク。俺のためにありがとうございました。あとのことは俺自身で考えてみます」

キドはそう言ってお店を出ていった。

さてさて、どうなることやら……

◇

数日後、俺の家に満面の笑みを浮かべたキドがやってきた。

「ラルク！　テラさんに告白して、無事に付き合うことになったよ！」

「本当？　おめでとう！」

「ああ、ありがとう！　これからはテラさんを守れるような男になるべく頑張るよ」

キドはそう言って、スキップしながら帰っていった。よほど嬉しいようだ。

それにしても恋愛か……ま、俺にはしばらく関係ないかな。相手もいないし。

そんなことを思いながら、俺はリビングに戻ってリンと談笑してその日を過ごしたのだった。

14　暗躍する者達

新たなカップルが誕生してから数日後の早朝。

約二週間出かけていたゼラさんが、セヴィスさんと一緒に帰ってきた。

久し振りに帰ってきたゼラさんは「ごめんね、ラルク君」と謝罪したあと、小さくて変な色をした種を数個渡してくる。

「ゼラさん、これは……？」

「お土産よ。あの子にラルク君と楽園のことを話したら、ぜひこの作物も育ててみてほしいって持たされたの」

あの子……？　誰のことだろう？

首を傾げていたら、ゼラさんが言葉を続ける。

「で、その種はなんの作物かというとね……え～っと……なんて言ってたかしらセヴィス？」

すると、セヴィスさんはため息をつきながらも教えてくれる。

「ラルク君、この種はソルトシードという、私どもの友人が開発した特殊な種でございます。生長中に吸収した魔力を塩分に変える性質を持ち、塩分を多く含む実を実らせる作物なのです」

「なるほど……塩の実ってわけですか」

実験してみないと分からないが、ひょっとしたらその実から塩を抽出すれば、塩を量産できるんじゃないかな？

そう考えていたら、セヴィスさんが「さて」と声を発する。

「それでは、私はそろそろ帰ります。ウィード様が帰りを待っていますので」

「あっ、はい。種、ありがとうございました。楽園で育てておくので、もしよかったら暇なときにでも見に来てください」

「はい、ぜひそうさせていただきます。ゼラさんから聞きましたが、楽園はとても居心地がいいのだとか。一度体験してみたいと思っておりました」

セヴィスさんはそう言って転移魔法で帰宅し、ゼラさんはソルトシードを植えておくと言って楽園に戻っていった。

俺は朝食を食べ、制服に着替えて学園に向かう。

一日の授業が終わったあとはすぐにギルドに向かい、空き室で冒険用の装備に着替え直す。そしてレティシアさん達と合流して迷宮に向かった。

ここ最近、ほとんど毎日続けていた迷宮での金策生活も今日で最終日だ。この探索が終わったらみんなで収納バッグを購入しに、ドルスリー商会へ行く手筈（てはず）になっている。

大きな事故もなく、順調に魔物を狩ったり、鉱物や薬草を採取したりする俺達。

素材を目いっぱい『便利ボックス』に詰め込み、シャファルに乗ってギルドに帰還した。

この頃、大量の魔物を倒したおかげで、俺のレベルがかなり上昇した。

現在のステータスはこんな感じだ。

【名　前】ラルク・ヴォルトリス
【年　齢】13
【種　族】ヒューマン
【性　別】男

【状　態】疲労
【レベル】74（＋14）
【ＳＰ】730（＋140）
【　力　】7152（＋1227）
【魔　力】8371（＋1521）
【敏　捷】7698（＋1367）
【器　用】5583（＋1078）
【　運　】51
【スキル】『調理：5』『便利ボックス：3』『生活魔法：2』『鑑定眼：4』『裁縫：2』
『集中：5』『信仰心：5』『魔力制御：5』『無詠唱：5』『合成魔法：4』
『気配察知：4』『身体能力強化：4』『体術：4』『剣術：4』『短剣術：3』
『毒耐性：1』『精神耐性：3』『飢餓耐性：1』『火属性魔法：5』
『風属性魔法：4』『水属性魔法：3』『土属性魔法：4』『光属性魔法：4』
『闇属性魔法：3』『雷属性魔法：5』『氷属性魔法：3』『聖属性魔法：4』
『無属性魔法：2』『錬金：3』
【特殊　能力】『記憶能力向上』『世界言語』『経験値補正：10倍』『神のベール』
『神技：神秘の聖光』『悪・神従魔魔法』『召喚』『神技：神の楽園』

【加　護】『サマディエラの加護』『マジルトの加護』『ゴルドラの加護』
【称　号】『転生者』『神を宿し者』『加護を受けし者』『信仰者』『限界値に到達した者』
『神者』『教師』『最高の料理人』『炎魔法の使い手』『雷魔法の使い手』

レベルは70を突破し、全ての能力値が５０００を超えている。さらにスキルも何個か最大のレベル5となった。

新しい称号である『炎魔法の使い手』『雷魔法の使い手』の二つは、炎と雷の属性魔法のスキルレベルを5にしたら獲得していた。鑑定してみたところ、対応する属性魔法の消費魔力を少なくしてくれるらしい。

ギルドに戻って素材を精算し、みんなを残して俺一人でドルスリー商会に向かった。

受付を顔パスで通過し、商会長室のドアをノックする。

「どうぞ」という声が聞こえたので、扉を開けて中に入った。

「おや、ラルク君。例の金策がもう終わったのかい？」

商会長用の椅子に座っていたラックさんが、入室した俺を見て目を丸くする。

「はい、収納バッグを買いに来ました」

「うんうん、ちゃんと用意しておいたよ」

ラックさんはそう言って、デスクの脇に置いてあった木箱から一つのバッグを取り出した。肩かけポーチみたいな形だ。

「中級の収納バッグだ。容量は、この部屋より少し大きいくらいかな」

「ありがとうございます！」

ラックさんに今まで迷宮で稼いだお金から代金を支払い、収納バッグを受け取る。

「それにしても、たった数週間で収納バッグを買うほど稼ぐとは。ラルク君は冒険者としても上に行けそうだね」

「いろんな人からの助けがあったからですよ。俺一人ではここまで来られませんでしたし、今でも仲間や周りの人々がいないとやっていけないと思っています」

「うん、初心を忘れずに頑張ってほしい」

改めてお礼を言って商会長室を出て、俺はギルドに戻った。

扉を開けて中に入ると、冒険者の人達が一斉にこちらを向いた。

……なんかみんな、俺の顔を見てソワソワしているな。

違和感を覚えながら俺はみんなのいるほうへ移動し、レティシアさんに聞いてみる。

「何かあったんですか？」

「うん……実はね……」

レティシアさんは言いにくそうにしながらも説明してくれた。

なんでも、俺が来る少し前に痩せこけているが身なりだけはいい男がやってきて、「ここに銀髪らしい。

のガキの冒険者がいるのは分かっている。そいつを俺の前に連れてこい」と周囲にわめき散らした

「……」

話を聞いて、一瞬にして顔から血が引いていくのが分かった。

俺の予感が正しければ、その人物は……

レティシアさんは俺の顔を見て「大丈夫？」と気遣わしげに言った。

「……はい、俺は大丈夫です。それで、その男は今どこに？」

「グルドさんがその男をギルドマスター室に連れていったの。それですれ違いざまに私たちに、もしラルク君が来たら絶対にギルドマスター室には来ず、まっすぐ家に帰れと伝えてくれって言われて……」

「そっか……うん、分かりました。それじゃあ、俺は家に帰ります。リン、一緒に帰ろう」

「う、うん」

義父さんの伝言を聞き入れ、俺はリンと席を立つ。ギルドの入口を開ける間際、ちらっとレティシアさんとアスラの顔を見たら、混乱と心配が入り混じったような表情をしていた。

いつもは談笑しながら歩いている帰り道を、この日はお互い無言で歩く。

そうして家の前に着いたのだが、道の陰にウロチョロしている怪しい人物がいたのを確認した。

こちらが先に気付いたので、相手には俺達が帰ってきたことはバレていない。

大方、あの男に雇われた見張りだろう。

「う～ん、どうしたものか……」

見張りの対処方法について悩んでいると、頭の中にゼラさんの声が聞こえてくる。

(ラルク君、困ってるみたいね。ここは私に任せて)

(ゼラさん？　それってどういう……)

(いいから、いいから。ちょっと見ててね)

その瞬間、見張りの目の前に突如として黒い塊が出現し、全身を覆い尽くしてしまった。

やがて黒い塊が消えると、その場に倒れて意識を失っている見張りの姿が現れる。

(何をしたんですか？)

(少し眠ってもらっただけよ。楽園の中からだと、これくらいしかできなかったの)

(いえ、ありがとうございます。助かりました)

俺とリンは家の門を開けて敷地に入り、しっかり施錠をしてから玄関に入った。

数時間後、義父さんが帰ってきて、俺だけがリビングに呼び出された。

「ラルクのことだ。大体見当が付いているだろうが……」

「はい。なんとなく予想はしています。話してください」

「そうか……」

義父さんは大きく息を吐き、覚悟を決めた顔付きで話しだす。

義父さんが言ったことは、やはり予想していた通りの内容であった。

今回ギルドに突撃した男は俺の元家族、腹違いの兄だった。

元々レコンメティスの貴族だった俺の元家族達は、以前イデルさんとアルスさんによって悪事を暴かれ、この国から追放された。その後のことはアルスさんも知らなかったそうなのだが、実は彼らは聖国のとある貴族家に亡命していたらしいのだ。

その貴族家は俺の元義母(ぎぼ)の実家であり、彼らはそこでまた不自由のない生活を送ることになった。

しかし、ほどなくしてその家でも脱税や汚職などのあらゆる不正がバレて、聖国からも追放されてしまったのだとか。

そして再び金と地位を失った元家族達は、一度は追放した俺を連れ戻して、俺の持つ財産を全てせしめようとしているとのことだ。

「……馬鹿ですね」

全てを聞いたあと、俺はそれだけを口にする。

「ギルドに押し入った男は俺が王都の外に叩き出しておいた。だから、この件はこれでもうおしまいだよ」

義父さんはそう言って、俺の頭を撫でた。

その手から義父さんの優しさを感じつつ、俺は気になったことを尋ねる。

「それにしても、なんで聖国でも不正がバレたんでしょうか？」

「レコンメティスとの戦争に敗北したあと、聖国は腐敗した上層部を一新して国の基盤を新たに組み立てているらしい。そのための施策の一つとして、不当に利益を得ていた貴族は全て潰されているみたいだ」

「なるほど……聖国って、今はそんなことになっていたんですね」

「ああ。とにかくラルクが心配することはもう何も——」

義父さんが言いかけたとき、突然玄関を荒々しく叩く音がした。

「……ラルク、ここで待ってろ」

義父さんはそう言い、玄関に行った。

ややあって、何者かと義父さんが怒鳴り合う声が聞こえてくる。

心配してリビングから顔を出して玄関を見ると、義父さんが小太りの男と揉み合いになっていた。

俺はその顔に見覚えがあった。俺のもう一人の元異母兄だ。

どうしてここにあいつが……？　と思っていたら、元異母兄と目が合って「おい、お前ッ！」と叫んでくる。

「ラルク！　こっちに出てくるな、リンちゃんと一緒に奥に行ってろ！」

「は、はい」

義父さんの言葉に従ってリンの部屋に行き、中で不安そうにしていた彼女を引っ張って楽園の中に避難する。この中にいれば、向こうがこちらを見つけることは不可能だ。

「グルドさん大丈夫かな……」

楽園の中で、リンが不安そうに話しかけてきたので、俺は安心させるように言う。

「心配いらないよ。義父さんがあんな奴に負けるはずがないさ」

五分ほど経って、俺は一度楽園から自宅に戻った。

こっそり玄関に行くと、義父さんが元異母兄を気絶させてロープで縛りあげているところだった。

「ああラルク、もう大丈夫だぞ」

「義父さん、俺のせいで迷惑をかけてごめんなさい……」

「ラルクが謝ることじゃないさ。それと、これからこいつを兵士に突き出すついでに、今後の対策を立てるためにアルスのところに向かうぞ。リンちゃんも呼んできてくれ」

「は、はい、分かりました」

俺は楽園に戻ってリンに義父さんに言われたことを話し、楽園を出たあとはそれぞれの部屋に向かって城に行く準備を整える。

全員の用意が済んだ直後、準備が整うのを見計らいでもしたのか、城からの使いの人が来て転移魔法で俺達を城に送ってくれた。

城内のホールに転移すると、目の前にリアが立っていた。

「お父様がラルク君とグルドさんだけと話したいって言っていたから、申し訳ないんだけどリンちゃんは私と一緒にこっちで待とう？」

「うん、分かった」

手短に会話をして、リアがリンを連れていく。

残った俺と義父さんは、アルスさんの部屋に向かった。

中に入ると、真剣な表情をしたアルスさんが、こちらを見るなり頭を下げてくる。

「ラルク君、グルド。今回は僕の監視が緩かったせいで迷惑をかけたね。本当にすまない」

「いや、アルスが謝ることじゃない。それで、今はどういう状況なんだ？」

義父さんの質問に、アルスさんは首を横に振ってしまう。

「正直、まだ僕も全てを把握できていないんだ。確実なことが言えるのは、ラルク君が元親族に身柄を狙われているということだけ。金銭目的だからおそらく命までは取らないだろうが、もしラルク君が彼らに誘拐された場合、向こうがどんな強硬手段に出るか分かったものじゃない」

そこまで言って、アルスさんは俺の目を見た。

「こちらが拘束している元親族は二人。まだ他の人間がいる以上、ラルク君が安全とは言えないね。申し訳ないが、ラルク君達にはこれからしばらく城で暮らしてもらう。特にラルク君は、当面の間は外出禁止とさせてもらうよ」

「そんなに大きなことなんですか？」

驚いてそう聞くと、アルスさんは真面目な顔で答える。

「ラルク君達の安全を第一に考えた上での判断だ。先日、グルドが聖国に攫われたときに心から反

省したんだよ。もう二度と、あんな事態は引き起こさせないってね」

その言葉から並々ならぬ決意を感じ、俺は「分かりました」と頷く。

こうして、俺は数年ぶりに城で暮らすことになったのだった。

15 城での暮らし

城での生活が始まった翌日。

リンはレティシアさん達に、しばらく冒険者活動ができなくなることを伝えるために義父さんと一緒にギルドに行ってしまい、リアとウォリス君は学園に登校した。

暇を持て余していた俺はリオ君に誘われ、一緒に城の敷地内を走っていた。

「しかし、まあラルクはいろんな面倒事に巻き込まれるな」

「まったく、迷惑してるよ」

愚痴(ぐち)を言いながらリオ君と走っていると、途中で兵士さんに呼び止められた。

「ラルク君、君にお客さんが来ているよ。ラック・ドルスリーという方だ」

「ラックさんが？　分かりました、ありがとうございます」

リオ君と別れて、ラックさんが待っているという部屋に向かった。

扉を開けると、ラックさんがこちらに手を挙げて挨拶する。

「やあ、ラルク君」

「こんにちは、ラックさん。どうしたんですか？」

「先ほど、城の兵士が私の商会を訪ねてきてくれてね。ラルク君が諸事情でしばらく城から出られないという話を聞いたから、お店のほうは心配いらないと伝えに来たんだ。私が責任を持って留守番をするから、どうか安心してほしい」

「すみません、ラックさんにまで迷惑をかけてしまって……」

「そこはラルク君が気にするところではないよ」

ラックさんはそう笑って言い、「用件はそれだけだから」と言って退室した。

一人になった俺は、このあとはどうしようかと考える。

「今からまたリオ君のところに戻るのもなんか違うな……」

楽園に行って作業を手伝ってもいいが、流石にこの状況で俺が城からいなくなったら大騒ぎになるだろう。

しばらく考え、図書室に行くことにした。本を読んで時間を潰そう。

図書室に着き、目に付いた本を片っ端から手に取る。

それからテーブルに着いて何時間も読んでいたら、段々と眠くなってきた。

一旦仮眠を取ろうと机に突っ伏し、目を閉じる。

そのままウトウトとしていたら……

「ラルク君、ラルク君」

「ん～……サマディさん？」

いきなりサマディさんの声が聞こえてきた。

目を開けて辺りを見回すと、目の前にサマディさんが立っている。俺はいつの間にか神界に来ていた。

「ごめんね。寝ているところを呼び出して」

「いえ、大丈夫ですよ……ふわぁ～」

俺は欠伸をしつつ、立ち上がってうーんと伸びをする。

「用事というほどでもないんだけど……『神の楽園』の使い心地はどうかな？」

「使い心地ですか？　最高ですよ。すごい特殊能力を授けてくれてとても感謝しています」

「それなら良かった。ちゃんと役に立っているみたいだね」

嬉しそうに言うサマディさんに、俺は前々から気になっていたことを質問する。

「そういえば、あの楽園って俺が死んだ場合はどうなるんでしょうか？」

今や、楽園には様々な種族が住んでいる。もし万が一のことがあって俺が死んでしまうことがあったら、あの世界はどうなってしまうのかがずっと気になっていた。

「ああ、そのことか。楽園はラルク君が死んだあとも残り続けるよ」

サマディさんは安心させるように言った。

俺は続けて尋ねる。

「じゃあ俺が死んだ場合、外の世界との行き来はどうするんですか？」

「そこも大丈夫だよ。ラルク君の死後は、シャファル君にでも門の管理を頼むつもりだしね。あの子なら、転生することでいつまでも存在し続けられるし」

「なるほど……」

「まあ、それにもしものことがあっても、ラルク君は神になれるからね」

すると、サマディさんはさらっとそんなことを言った。

……そういえば、そんな称号を持っていたな。

俺が所有している『神を宿し者』という称号には、「望めば神へ至ることもできる」という効果がある。よく分からないので放置していたけど、いい機会だし聞いてみるか。

「『神を宿し者』を持っていたら、本当に神になれるんですか？」

「うん。ラルク君が望めばね。今は深く考えなくてもいいけど、将来の選択肢の一つとして頭の片隅に置いていてくれると嬉しい。私としては、ラルク君とはこれからも一緒にいたいんだ」

サマディさんが真剣な顔で言った。

そんなに思ってくれているなんて……と嬉しく感じていると、いきなりサマディさんのお腹が鳴る。

「……それってまさか、俺の作る飯が目的っていうわけではないですよね？」

「……おっと、そろそろ時間だ」

サマディさんがそう言うと、俺の体が白く光りだす。

次の瞬間、俺は図書室に戻ってきていた。

「食べ物のお供えは、しばらくなしでいいか」

そう呟くと、頭の中にサマディさんの「そんな～」という声が響き渡ったのだった。

◇

城での暮らしが始まって一週間が過ぎた。

アルスさんは日に日に不機嫌になっていく。なんでも、元家族の父親が俺の家に押し入って捕まった元異母兄の身柄を返還するように要求してきたのだとか。

「向こうがね、『大事な息子を捕虜のように扱う現レコンメティス国王を強く非難する』って内容の手紙を送りつけてきてさ。どの口が言っているんだって話だよね。自分はラルク君を長年監禁していたくせに」

夕食の場で、アルスさんは珍しくイライラしたように愚痴をこぼした。

ここ数日、元家族は強硬手段には出ていない。どうやら俺が城にかくまわれていることを知ったらしく、こうして連日抗議の文書を送ってくるのだそうだ。

一応正式な書類なのでアルスさんも突っぱねるわけにはいかず、連日俺や元異母兄のことをめぐって不毛な協議を重ねているのだとか。

もっと詳しく聞こうとも思ったのだが、アルスさんが怖すぎてやめておいた。きっと落ち着いた頃に話してくれるだろう。

俺は図書室に行ったりリオ君との訓練をしたりしていたが、たまに一人になれる時間ができたときはこっそり楽園に行っていろんなことをやっていた。

その中でも一番大きな仕事だったのが豪邸(ごうてい)建設だ。ここには、いずれセヴィスさんとウィードさんに住んでもらう予定である。

以前セヴィスさんが楽園に遊びに来たとき、いたく気に入って「今度ここに住んでみたい」と言いだした。俺としてもぜひ楽園で過ごしてもらいたかったので、力を入れてとびきり豪勢な建物にしている。

豪邸は温泉地区の一画に位置し、内装もこだわっている。トイレは水竜族の協力で水洗式にしており、温泉からお湯を引っ張ってきているため家のお風呂でも温泉に入れる。

俺は今楽園で、完成した豪邸を眺めていた。

「……この家、俺も住みたくなってきたな」

しみじみと呟いていると、隣にいた水竜族の代表であるノアさんが話しかけてきた。

「それでしたら、ラルク様の家も建てておきますか？」

「誰か手が空いている方がいましたら、お願いしたいです」

俺がそう言ったら、ノアさんは近くにいた下級悪魔に伝達し、すぐに銀狼族と鬼人族が物資を運んできて空いていたスペースに建物を建て始めた。

「そういえばラルク様、シャファル様から聞いていますか？」

「んっ、何がですか？」

「近々シャファル様の新しい眷属を楽園に迎え入れるという話です」

「あ～、そのことか。はい、聞いてますよ」

そうそう、この間シャファルからそんな話をされていたっけ。

シャファルの眷属は今楽園にいる種族以外にもまだまだたくさんいるらしく、今度そのうちの一部が引っ越してくるという計画が持ち上がっているのだ。今はシャファルが世界中を飛び回って、眷属を銀竜の山に召集している。全員揃ったら迎えに行くつもりだ。

「今回来る眷属の方々のことは、ノアさんは知っているんですか？」

俺が尋ねると、ノアさんは首を横に振った。

「いえ、眷属同士がこうして集まることは今までなかったので、私もよくは知りません」

「そうですか。まあ会ってからのお楽しみということにします」

俺はそう言って門を開き、ノアさんと別れて楽園の外に出る。

そしてアルスさんにあてがわれた部屋でゴロゴロしていたら、メイドさんが入室してきて昼食ができたと知らせてくれたので移動して食事を摂る。

昼食後は訓練所で魔法のスキルレベルを上げる特訓をする。

そのうち学園から帰宅したウォリスが顔を出して、一緒に訓練する。

「ラルク君は本当に頑張り屋だね」

「単に暇ってだけだよ。それにウォリス君だってなんだかんだ俺に付き合ってくれるんだから、人のことは言えないでしょ？」

「僕の場合、必要最低限のことしかしてないからね。外に出て魔物を倒すためではなく、護身用だよ」

やがて日が暮れてきて、訓練所の出入口に義父さんが現れる。

「ラルク、ウォリス。もう夕食の時間だぞ」

その呼びかけに返事して、俺達は急いで片付けて走って訓練所をあとにした。

夕食後はリオ君とウォリス君と三人で風呂に入る。

「そういえば、あれからアルナさんとはどうなの？」

入浴中、俺は、リオ君が最近仲良くなった女の子について本人に聞いてみた。

リオ君は恥ずかしそうに「うまくいってる」と答えた。

入浴したらあとは就寝するだけ。

俺は日課のお祈りをしたあとにベッドに入る。

城での暮らしは、毎日がこんな感じだ。

数日後。

俺はいよいよ暇を持て余し始めていた。

今、俺の部屋にやってきた義父さんは、こちらの格好を見て怪訝な顔をしている。

「……ラルク、何をやってるんだ？」

「ん～、やることがなさすぎて、何をしようか考えているんです」

「そんな体勢でか？」

義父さんにそう指摘された俺の今の体勢は、ベッドの上に下半身だけを乗せ、上半身を横から出して頭を地面に付けている状態だ。

俺は身を起こしてベッドに座り直し、パフンとベッドを叩いた。

「暇なんですッ！」

すると、義父さんはやれやれといった反応を見せる。

「ラルクの気持ちは分かるが、仕方ないだろ？」

「それは分かってますけど……元家族の言い分なんて聞かずに、牢にでも閉じ込められればいいんですけどね」

「それができたら一番だが、人に会いたいという理由だけで牢に入れておける法はこの国にはないんだよ。それに向こうは今、ラルクを捨てた事実そのものがなかったと言い張っている。これが存外対処しづらいんだ。言った、言わないの水かけ論になるからな」

「……はぁ。悪知恵だけは働くんですね……」

俺はため息をつき、ベッドに横になる。

すると、義父さんは俺の隣に腰かけて頭を撫でてくれた。

「みんな、ラルクのためを思って動いているんだ。もう少しだけ、我慢してくれるよな？」

「……はい、ワガママを言ってすみませんでした。リンや義父さんも我慢してくれているんですよね」

「分かってくれたらいいんだ」

義父さんが微笑みながら言った。

義父さんが部屋を出ていったあと、俺は暇潰しの道具はないかと『便利ボックス』の中を見る。

すると、闘技大会のときにゼラさんから預かっていた短剣を見つけた。

短剣を取り出し、独り言を呟く。

「結局これ、大会が終わってからクラスのみんなに聞いて回ったけど、誰の落とし物でもなかったんだよな……」

そして何気なく鑑定眼を発動する。

すると、奇妙な結果が表示された。

名前：神剣ガララーク

能力：――――

「なんだこれ……神剣？」

随分と大層な名前だな……

と、そのとき、俺は突如として閃いた。

「待てよ？　この短剣ってもしかして、聖国の女神の持ち物じゃないのか？」

そう考えれば神剣という名前の意味も通る。

それにゼラさんがこれを見つけたのは楽園内。元々は女神の世界だ。落とし物をしていてもおかしくはない。

俺は急いで『便利ボックス』からお祈り用の像を取り出し、目を閉じて強く念じる。

次に目を開けると、俺は神界に移動しておりサマディさんが不思議そうな顔をして立っていた。

「ラルク君、どうしたのかな？」

「実は、以前こんなものを拾いまして……」

そう言って神剣をサマディさんに見せる。

するとサマディさんは神剣をじっと見つめ、こう言った。

「なるほど、わずかにあの子の気配を感じるね。これは聖国の女神の持ち物で間違いないよ。せっかくだからラルク君が使うといい」

「え？　いいんですか？　神様が使っていた武器なんてもらって」

「人間界には神が作った武具はたくさんあるからね。一つ増えたところで変わらないだろう。あ、それとちょっと待ってね」

サマディさんはそう言うと、神剣に向かって手を添えた。

「はい、武器にかかっていた最上級の隠蔽スキルを解除したよ。もう一度鑑定してみて」

俺は言われた通り神剣を鑑定し直す。

名前：神剣ガララーク
能力：自動追尾（ついび）　自動伸縮設定　耐久力回復　魔特攻　聖属性

「うわっ、能力がいっぱい付与されてるッ！」

「まあ、あの子が持っていたくらいだからね」

「あ、ありがとうございます。大事に使いますね」

俺はお礼を言って『便利ボックス』の中に神剣を入れ、人間界に帰った。

16 神物(しんぶつ)

人間界に戻ってきた俺はさっそく楽園の中に入り、剣術練習用として作った施設に移動した。

『便利ボックス』から神剣を取り出し、構える。

「とりあえず、さっき見た能力を一個ずつ確認していこうかな……まずは、自動伸縮設定からにしよう」

多分こんな感じだろうと思いながら神剣に〝長くなれ〟と命じる。

すると、俺の思った通りの長さに伸びた。

同じように〝縮め〟と命じると、神剣は元の長さに戻る。

「これはいいな。使い勝手も良さそうだし、耐久力回復って能力も付いているから刃こぼれもしないだろう。今後はこれをメイン武器として戦っていこうかな？　じゃあ、次に自動追尾っていうのを試してみるか……」

どんな能力なのかは分からないが、追尾というくらいだから狙ったものを追いかけるのだろう。

俺は前方に魔法で的を出現させ、的の真ん中に当たるイメージをしながら明後日の方向に投げてみた。

神剣は途中で軌道を変え、見事に的の中心に突き刺さった。

「へえ、地味に便利だな……だけど俺の場合、遠距離には魔法で攻撃できるから、この能力はあんまり使わないかも？」

その後も神剣の能力をあれこれ試し、満足したので楽園から元の世界に戻る。

それから俺は自分の部屋を出て図書室に向かった。サマディさんが神界で言っていた、神が作り出した武具について興味が出たので、どんなものがあるか調べようと思ったのだ。

図書室に着いて本を探し始めて十分ほどすると、誰かが入ってきた。

「ラルク君、何を探してるんだい？」

「ウォリス君か。いや、ちょっと神様が作った武器とかものが書かれた本がないかと思ってさ。どこにあるか分かる？」

「神様が作ったものね……つまり神物に関する本か。う～ん、確か何冊かあったはずだね。探してくるからちょっと待っていてくれ」

「うん、ありがとう」

俺は図書室内の椅子に座り、ウォリスが本を持ってくるのを待った。

「ラルク君、あったよ。これでいいかな？」

数分後、ウォリスが三冊の本を持ってきてテーブルの上に置いた。

「ありがとうウォリス君。三冊とも借りていいかな？」

「もちろん」

俺は本を『便利ボックス』にしまい、図書室を出て部屋に戻った。

テーブルに広げ、さっそく一冊目から読み始める。

その本には、神様が建てたと言われる建物についての記述があった。

「へぇ、この世界のどこかにはそんな建物があるんだな……」

本によると、その建物は聖なるオーラが常時出ており、内部に入るだけであらゆる傷や病が癒えるらしい。

しかし、その建物を実際に確認した者は今のところおらず、本当にあるのかどうかは分からないとページの最後に書かれていた。

「いや、確認されてないのかよ……」

そんなの都市伝説と何も変わらないじゃないか。

ちょっとがっかりしつつ本を読み進めていくが、どれもこれも眉唾なものばかりで、かなり信憑性に欠ける内容だった。

一冊目を途中で読むのをやめて二冊目に手を出すが、こちらも期待外れだ。一冊目より物語性が増していておとぎ話みたいな読み味になっており、それはそれで面白いが俺の求めているものはそういうものではない。

途中で本を閉じて三冊目に手を伸ばしたところで、部屋のドアがノックされた。メイドさんが昼食の用意ができたと知らせに来てくれたようだ。

俺は本をまとめて『便利ボックス』の中に入れ、部屋を出た。

それからリアの勉強を見たり、リオ君と模擬戦をしたりして日中を過ごしたので、本を読む暇はなかった。

結局、俺が再び本を取り出したのはその日の就寝時になった。

「よし、寝る前にパパッと確認するか」

『便利ボックス』から三冊目の本を取り出して読み始める。

「……お！」

他の二冊と違って、この本はしっかり証拠を示しながら、客観的に神物について紹介している本だった。

「へぇ〜、神物は神様が自ら与えることもあるんだな……」

本の中には、勇気ある若者が神様から一振りの剣を授かり、その剣を振るって国に棲まう悪しき魔物を打ち破り、国に平和をもたらしたと書かれていた。

俺もサマディさんからもらえたりしないのかな？　と思ったが、冷静に考えればいろんなものを授かっているかと思い直す。

俺はその後もじっくりと本を読み、読み終える頃には朝日が昇ってきていた。

一旦朝食を食べに広間へ行き、食べたあとは部屋に戻って寝ることも忘れて本の二周目を読む。

そのとき、ドアがノックされたので「どうぞ」と言うと、ウォリス君が入ってきた。

「やあラルク君。昨日貸した本はどうだった？」

「うん、良かったよ。でも、この二つはちょっと違ったね。ちょっと眉唾な話が多くて」

「あっ、それは悪かったね。神物に関する本だったらなんでもいいのかと思って、創作性が強いものまで渡していた」

「いや、大丈夫だよ。ちゃんと求めていた本もあったからね。とりあえずこの二冊は返すね」

そう言って、俺は三冊借りていた本の中から二冊ウォリス君に返す。

ウォリス君は本を受け取ると俺の読んでいる本を覗いてきた。

「この本、僕も好きだったよ。ラルク君はまだ読んでいる途中かい？」

「いや、今は二周目に入ったばかりだよ。何度読んでも面白い本は面白いからね」

「分かるよ、その気持ち」

ウォリス君は俺が読んでいた箇所にしおりを挟み、ページをパラパラとめくる。

「僕はこの神物が一番好きだね」

そう言って見せてきたのは、この世界のどこかに浮かんでいるという浮遊城（ふゆうじょう）のページだった。

「確かにかっこいいけど、これって他の神物に比べて証拠が少ないよね？　ウォリス君が気に入るのは意外だったな」

「うん。でも夢があるよね？　空に浮かぶ城ってさ」

「まあ、そうだね」

浮遊城のことを話すウォリス君はとても目が輝いていた。

理知的で大人びた印象があるウォリス君だけど、こういう表情を見ると年相応の子供なんだな、と思う。

その後もお互いの好きな神物について話に花を咲かせていると、いつの間にか夕暮れになっていた。

完全に日が落ちる少し前、リアが部屋にやってきた。

「ラルク君、勉強教えて～」

「うん、いいよ」

俺が言うと、ウォリス君は立ち上がる。

「それじゃあ、僕はこの辺で。続きは風呂に入るときにでも話そうか」

「そうだね」

ウォリス君は部屋を出ていき、続いて俺もリアと一緒に彼女の部屋に移動した。

リアの勉強を見ていると、リアに用事でもあったのかリンが部屋に入ってくる。

「あっ、ごめん。勉強してたなら、出るね」

部屋を出ようとしたリンを、リアが「待って」と呼び止めた。

「リンちゃんも一緒に勉強しようよ」

「いいの？」

「うん、ラルク君も構わないよね？」

「もちろん」

そう俺が言うと、リンは「それじゃ、私も参加させてもらうね」と言って部屋に入り、リアの横に座った。

リンも加わって勉強会をしていると、リアが急に尋ねてくる。

「ねぇねぇ、ラルク君。ラルク君って、今好きな人とかいるの？」

「えっ？」

いきなりのことでちょっと驚き、正直に答える。

「特にいないけど……」

「そ、そうなんだ。ごめんね、変なことを聞いて」

リアは謝ったあと横に座っているリンを見て、二人で嬉しそうにニコニコと笑っていた。

なんで笑っているんだ？　と疑問に思っていたら、扉がノックされる。そろそろ夕食の時間か。

俺達は三人で部屋を出て、広間に移動して夕食を食べた。

食事のあとはウォリス君とリオ君と一緒に風呂に入る。俺がウォリス君と本の感想を話し合っていたら、リオ君から「お前ら、一つの本についてよくそこまで話せるな」と呆れ顔で言われた。

◇

翌日の朝食後、俺と義父さんはアルスさんの仕事室に呼び出された。

いよいよ進展があったのか、と思いつつ中に入る。

「多分、分かっていると思うけど、今日呼び出したのはラルク君の件についてだよ。長くなるから、そこに座って」

アルスさんが部屋のソファーを指してそう言った。

俺と義父さんが座ると、アルスさんも向かいのソファーに座り話し始める。

「まずラルク君の元親族の言い分は、自分達は息子を追い出していないというものだ。彼らはラルク君の名前まで消したというのに、何かの手違いだったと言い張っているんだ」

「……見下げ果てた奴らだ」

義父さんが静かに言う。その言葉には殺気が込められていた。

アルスさんは言葉を続ける。

「こちらがいくら追い出した証拠を提示しても、向こうは頑(かたく)なに認めようとしない。仕方ないから、最終手段を取ることにしたよ」

「最終手段？」

俺が首を傾げると、アルスさんはこちらを向いて頭を下げてきた。

「僕が元親族との対面の席を用意するから、ラルク君はその場に出席して、自分は彼らのところに戻る気はないって直接伝えてほしいんだ。そうしたら、僕はそれを言質として彼らに対してラルク君との接近禁止命令を発することができる。破れば今度こそ牢屋行きだ」

「……ラルクをその馬鹿どもに会わせるのか？」

義父さんが聞くと、アルスさんは申し訳なさそうな顔をする。

「僕もなるべく避けたかったんだけど、他に有効な方法はない。ラルク君、どうかな？」

アルスさんに続いて、義父さんも言う。

「ラルクがいいと言うのであれば、俺は止めはしない。ただ、嫌なら無理に会う必要もないと思っている。ラルクの判断に任せるよ」

アルスさんと義父さんからジッと見られ、俺は決意して頷いた。

「分かりました。会って自分の言葉をはっきりあいつらに伝えます」

「そうか、それは良かったよ」

アルスさんはにっこりと微笑んだ。

「それじゃあ、日程は明日の昼にしようか。時間になったら、会議室に来てくれ」

「分かりました」

義父さんはアルスさんと少し話がありそうだったので、俺は一人で仕事室をあとにする。

するとそのとき、脳内にシャファルの声が聞こえてきた。

（ラルク、我の眷属が集まったから迎えに来てくれ）

（うん、分かった）

俺は楽園にいるゼラさんを呼び出し、銀竜の山に転移させてもらった。

銀竜の山に着くと、見たことのない魔物がずらっと並んでいた。その中心にシャファルがいる。

「むっ、早かったのうラルク」

「ちょうどいいタンミングだったからね。ところでシャファル、眷属達の紹介をしてもらってもいいかな？」

「うむ……各種族の長（おさ）達よ、前に出るがよい」

シャファルが呼びかけると、何体かの魔物が前に進み出て、人間の姿になる。

そして俺の前に一列に並び、順番に種族名と名前を告げていった。

「火竜（かりゅう）族の長。フレンです」

「風竜（ふうりゅう）族の長。サーランです」

「土竜（どりゅう）族の長。ドロンです」

まず、水竜族のノアさんと同じようなオーラを放っていた三人が挨拶した。あとからノアさんに聞いたのだが、彼らとノアさんを合わせた四つの種族は〝四竜（しりゅう）〟と呼ばれているらしい。

「グリフォン族の長。バルファである」

「ユニコーン族の長。レニア」

竜族の次に挨拶を行ったのは、幻獣と名高いグリフォンとユニコーンの方々だった。まさかこんな種族までシャファルの眷属だとは思わなかったからめっちゃびっくりした。

「自己紹介ありがとうございます。俺はラルク。シャファルの契約者です。これからよろしくお願いしますね」

俺も挨拶を返すと、代表の五名はサッと頭を下げる。その後ろでそれぞれの種族達もお辞儀をした。

「では、今から楽園に案内しますね。シャファルから聞いていると思いますが、楽園にはすでに住んでいる方々がいらっしゃいます。彼らと仲良く暮らしてくれると嬉しいですが、何か不満があればそれぞれの長に伝えてください」

周りの魔物達に言ったあと、俺は今度は長達のほうを見る。

「長のみなさんは住民の言葉を必ず俺に伝えてください。みんな仲良く暮らせる世界を作りたいと思っていますので、できるだけ改善するつもりです。大丈夫でしょうか？」

そう言うと、代表の五名が「はいッ！」と返事をした。

それから俺は楽園への門を開き、全ての種族を案内する。

全員が入ったことを確認して、俺はゼラさんの転移魔法で城に戻ったのだった。

17　断罪

翌日、目を覚まして窓の外を見ると、ここ最近で一番の快晴だった。

「サマディさんも応援してくれているのかな……」

独り言を呟き、朝食を食べに広間へ移動する。

いつもは賑やかな朝食の席だが、今日はみんな静かだった。俺に気を遣ってくれているのだろう。

朝食後は自分の部屋に戻って静かに時が来るのを待つ。

やがて約束の時間になり、部屋を出ると目の前に義父さんが待ってくれていた。

義父さんと一緒に会議室へ移動する。

「ラルク、大丈夫か？」

会議室のドアを開ける瞬間、義父さんが話しかけてきた。

「……はい、大丈夫です」

そう言って、俺は扉を開けた。

中に入った瞬間、俺の目に見たくもない顔が二つ飛び込んできた。俺の元父親であるラムドと、痩せているほうの腹違いの兄、ニーチェだ。ニーチェは義父さんによってギルドから叩き出されたあと、ラムドのもとに戻ったのだろう。

「ちっ、やっと来たか」

ニーチェの悪態をつく声が聞こえたが、無視して用意されていた席に座る。

席に着くと、俺の対面にいたラムドが話しかけてくる。

「久し振りだな、会いたかったぞアレン」

アレン……この男に消されるまで俺に付けられていた名前だ。

しかし、その名を持つ人間は今この場にはいない。

黙っていると、ニーチェが立ち上がって怒鳴る。

「父上が話しかけてるぞッ！　返事をしろッ！」

「すみませんが、俺の名前はラルクです。アレンという人間はここにいませんので、二度と呼ばないでください」

「なんだとッ！」

「落ち着くんだ、ニーチェ」

ニーチェが激昂すると、ラムドはそれを制して座らせた。

ニーチェが座ったのを見て、アルスさんが口を開く。

「それじゃあ、話し合いを始めよう。まずラムド、言いたいことはあるかな」

「はい、それでは――」

ラムドが自分の言い分を述べる。

要約すると、アレンは自分の子だから家に戻ってくるべきだという内容だった。

そもそも、自分達はアレンを追放しておらず、名前を消したり、勝手に俺の死亡届を出したりしていたのはちょっとした手違いと事故である。これからは心を入れ替え、責任を持って育て上げる、そしてアレンの持つ財産は自分が親としてしっかり管理すると自分勝手なことを言っていた。

話が強引な上、整合性がまったく取れていない。アルスさんが頭を抱えていたのも分かる。

何より腹立たしいのは、金目当てで俺と義父さんを引き離そうとしていることだ。

ラムドが満足げな顔で話し終えると、アルスさんは俺のほうを見た。

「それじゃ、次はラルク君から何か言いたいことはあるかい？」

「はい。それでは……」

俺が口を開いた瞬間、頭の中にノイズ音がした。

（ッ！　なんだこれ……）

音に続いて激しい頭痛もしてくる。

痛みのあまり頭を押さえると、義父さんが「どうした？」と心配したように聞いてきた。

次の瞬間、銀竜の山から戻って以来ずっと俺の体の中にいたゼラさんが外に出てくる。

「ラルク君。ちょっとごめんね」

ゼラさんがそう言って俺の頭に触ると、突如として痛みも音も全て消えた。

「どう、良くなった？」

「は、はい。しかし、今のは……」

ゼラさんに聞くと、彼女は何も言わずニーチェの指を差し示した。

見れば、中指に銀色の指輪が嵌められている。

すると、いきなりニーチェの中指が切断されてポトッと床に落ちた。

「えっ——ぎゃあああああああああああ!!」

切れた中指を押さえ、床に倒れのたうち回るニーチェ。

ラムドはニーチェと突然現れたゼラさんを交互に見て、オロオロしている。

「あの坊やが嵌めていた指輪、強力な洗脳効果があったのよ。それでラルク君を思うままに操ろうとしたみたいね。この場でそんな行為は許されるのかしら？」

ゼラさんは何事もなかったかのように説明してくれた。

アルスさんも、ゼラさんがいきなり出てきたことには何も言わず、ニーチェの中指を拾い上げて指輪を抜き取る。

「ふむ、そうか……どこまでもずる賢いことをするね。とりあえずその者を医務室に運んで、応急手当が終わったら牢屋に入れておいてくれ」

その言葉を合図に、壁際に立っていた兵士さんがニーチェを運び出した。

ニーチェがいなくなったあと、アルスさんはラムドに指輪を見せる。

「ラムド、今のは紛れもなく犯罪行為だけど、君が指示を出したのかな？」

「い、いえ決してそのようなことは……」

すると、義父さんが立ち上がって指をポキポキと鳴らした。

「子供のしでかしたことに対する責任は、親にもあるだろうが。もう我慢ならん。これ以上うちの息子を害するようなら――」

「義父さん、俺は大丈夫です。話し合いを続けましょう」

俺が制止すると、義父さんは殺気を引っ込めてこちらを見てきた。

「……いいのか？」

「今この場で暴れたりしたら、もっと話がこじれてしまいますから。少しの間だけ我慢して話し合いを続けたほうが有益です」

そう言うと、義父さんは分かってくれて椅子に座り直した。

アルスさんがゴホンと咳払いし、話し合いを再開する。

俺はラムドに対し、生まれてから十年間ほとんど監禁状態で生活させられていたこと、名を消されて家を追放されたことは間違いないと告げ、今後一切の関わりを持ちたくないと言った。

俺の言い分を聞いたアルスさんは静かに発言する。

「こちらの調べと合致している。どうかな、ラムド」

すると、ラムドは落ち着き払ってこう言った。

「それには誤解があります」

「誤解？」

「先ほど申し上げた通り、名を消したのはただの手違いですし、追放などもってのほか。アレンは勝手に家出してしまったのです」

「……っ！」

俺はギリッと歯を食いしばった。

この男はどこまで……！

「……それでは、監禁の件はどう言い訳するのかな」

アルスさんが無表情で言った。

「アレンは十歳より以前の記憶がほとんどないと、こちらで調べはついています」

確かに、俺は十歳以前のことをほとんど覚えていない。監禁されたときの記憶は途切れ途切れだ。

ラムドはすました顔で説明を続ける。

「ならば記憶違いを起こしている可能性もあります。私は家族を、アレンを大切にしていました」

……記憶違いと来たか。

だが、確かに反論としては有効だ。俺がラムドの家で酷い目に遭ってきたという証拠は、俺の頭の中にしかないのだから。

「ラムド、それは真実と言い切れるのかい？」

「はい、私は嘘などついておりません」

ラムドの発言に対して、アルスさんは頭を抱える。

まさか、ここまでこちらを馬鹿にしているとは思ってもいなかった。

このままだと話し合いは難航するだろうと思っていると、頭の中にサマディさんの声が聞こえる。

(ラルク君。私が助けてあげようか？)

「え？」

思わず声を上げると、アルスさんが怪訝な顔をした。

「どうしたのラルク君？」

「あっ、いえ……今、神様から助けてあげようかと言われたので、どうしようかと」

「なるほど、そういえばラルク君は神様と直接話せると言っていたね……よし、じゃあ、その神様に頼んでもらえるかな？　このままだと埒が明かないから」

「分かりました」

俺がそう言うと、サマディさんは頭の中で話しかけてきた。

(それじゃあ、お祈り用の像を取り出して祈ってくれるかな)

言われた通りに『便利ボックス』からサマディさんの像を取り出して、祈りを捧げた。

すると、像の上に光が集まり始め、サマディさんの形を作り上げた。

「……許可したものの、本当に神を呼び出すとは。ラルク君は面白い子だ」

アルスさんが言うと、ポカンとしていたラムドがいきなり我を取り戻す。

「か、神を呼んだだと？　そんなふざけたことができるかッ！　馬鹿にしているのかッ！」

そんなラムドに、サマディさんが話しかける。

「ふむ、君は私が神ではないと？」

「当たり前だ！　そもそもいきなりあの小僧の呼びかけに応じて神が都合良く現れるなど、意味が分からん！　どうせ、何かのまやかしであろう。私を馬鹿にするのも大概にしろッ！」

ラムドが怒りの形相で言った。

「なるほど、それなら君はどうやったら私が神だと信じてくれるのかな？」

「ふん、本当に神なら神らしい力を見せてみろ」

「神らしい力か……アルス君。ちょっと、この建物を借りてもいいかな？」

「えっ？　あっ、はい。どうぞ、お好きなように」

サマディさんに話しかけられたアルスさんが、おっかなびっくりといった感じで頷く。

「うん、ありがとう。それじゃ――」

サマディさんが天井に手を向けたら、一瞬にして天井が消失した。

そして晴天だった空に突如として黒雲が立ち込め、ラムドの目の前に大きな雷が落ちる。

ラムドが腰を抜かしてその場にへたり込むと、サマディさんは微笑みながら続ける。

「神の奇跡の一つ。天候を操ってみたよ。これで私が神だと信じてくれたかな？　まだ疑うようなら次は君の体に雷を当てることもできるけど」

その問いかけに、ラムドは頭が取れるんじゃないかってくらいに首を縦に振った。

「それは良かった」

サマディさんはニッコリと笑い、再び手を上空に向けて雲を消し去り天井を元に戻した。そして、言葉を続ける。

「さて、おおよそのことは理解している。ラムドはラルク君が記憶違いを起こしていると言いたいんだよね？」

サマディさんが聞いたが、ラムドは茫然自失としていたのでアルスさんが代わりに答える。

「はい、私どもとしては潔く罪を償ってほしいのですが……」

「ふむふむ。それなら話は早い。今からここにいる者達をラルク君が追い出される少し前の時間に連れていくから、みんなで確認してみようか」

「……はい？　それってどういう──」

アルスさんが言い終える前に、サマディさんが指をパチンと鳴らした。

すると俺達の体が急に光りだし、気が付いたら全員どこかの屋敷の上空に浮かんでいた。

ラムドは「ひぃっ！」と情けない声を出したあと、下の屋敷を見て目を細める。

「……あれは私の屋敷ではないか？　取り壊されたはずだが……」

「うん。あれは君の家。それも、数年前のね。あそこでラルク君は十歳までの幼少期を過ごした。

さあ、ラルク君がどのような生活をしていたのか見に行こうか」

サマディさんはそう言うと、俺達ごと屋敷の中へ飛んでいった。

記憶を思い出すいい機会だな、と思っているとサマディさんから念話が飛んでくる。

(実は、ラルク君の幼少期の記憶は私が消したんだよ)

(え？　そうだったんですか？　でも、一体なぜ？)

(あまりにも精神的に辛いものだったからね。大事な部分だけ残して他は消していたんだ。だから今回、ラルク君を連れてくるのは躊躇ったんだけど、こうなってしまったら仕方ない)

そんなに酷いものだったのか……

俺は今一度覚悟を決め、昔の自分を見に行く。

昔の俺は、裏庭にいた。ニーチェから水属性魔法を浴びせられて泣いている。

そんな俺を見てニーチェともう一人の異母兄が笑っていると、裏庭にラムドがやってきた。

俺はラムドに駆け寄り、助けを乞う。

しかし、ラムドは俺に平手打ちをし、ニーチェの頭を撫でてその場を去っていった。

「……」

俺はその光景を無言で見ていた。俺だけではなく、アルスさんや義父さんも無言だった。

「他にもいろんなことをしていたよね？」

サマディさんがそう言って指を鳴らすと、また景色が変わる。ここは俺も覚えている。屋敷の地下室だ。

幼い俺は地下室の隅で、鎖(くさり)で繋がれた状態で残飯のようなものを使用人から食べさせられていた。

『ちっ、なんで俺がこんなことをしないといけねぇんだよ。オラッ！　さっさと食え』

『うぅ……』

無理矢理口の中に入れられた残飯を吐き出した俺は、使用人から蹴られていた。

サマディさんがもう一度指を鳴らす。

今度の場面は、屋敷の家長室だった。中にはラムドと十歳くらいの俺の二人だけがいる。

『アレン、お前には出ていってもらう』

『……はい』

『名前も剥奪(はくだつ)する。我が家に無能はいらん』

ラムドからそう言われた過去の俺は、家長室を出るとすぐに待ち構えていた使用人に引きずられ、屋敷から放り出された。

そして過去の俺がヨロヨロと歩きだしたところで、俺達は現代の会議室に帰ってくる。

「それで、今の光景を見てまだ言い訳をするのかい？」

サマディさんが静かに言う。

「……ふっ、ふふ、そうか分かったぞ。お前は幻術使いだなッ！」

ラムドが言い放つと同時にアルスさんがパチンッと指を鳴らして、兵士さん達がラムドを床に叩きつけて拘束した。

「ラムド、もういいよ。君の言い訳は、聞き飽きた。僕も王として感情で動かないようにと考えていたけど、流石に君に対してもそんなことを考えているほど僕の心は広くない」

アルスさんはそう言って、ラムドを牢に入れるように命じた。

ラムドが連行されたあと、アルスさんが話しかけてくる。

「ラルク君、すまない。あれほどのことをされていたと知っていたら、この場を設けるなんてことは……」

「アルスさんが謝ることじゃないですよ。それに、今の今まで俺も忘れていましたから」

義父さんから名前を呼ばれて振り向くと、なぜか号泣していた。

「ラルク……」

「えっ、と、義父さん。どうしたんですか!?」

「すまなかった。俺がもう少し早めにイデルを行かせておけば、もっと早くラルクを救出できたのに……」

義父さんはそう言って、どういうことかを説明し始める。

なんでも、イデルさんが屋敷に監禁されていた俺を助ける前に、事情を知らなかった義父さんがイデルさんに厄介な依頼を押し付けたらしい。イデルさんはその依頼をこなしていたために、俺を助け出すのが遅れてしまったのだとか。

しかし、その当時は知らなかったのだから仕方がない。

そう義父さんに言ったのだが「いや、俺が……」と納得してくれなかった。

俺はアルスさんに退出許可を貰い、泣いている義父さんを連れて廊下に引っ張り出す。

「義父さん、泣きやんでください。義父さんのせいじゃないですから」

「いや、それでも……」

義父さんは泣くばかりで聞く耳を持たなかったので、俺は義父さんの顔を思いっきりビンタした。

ポカンとする義父さんに、俺も泣きながら怒鳴る。

「絶対に、義父さんの責任なんかじゃないです！　こんなつまらないことで、俺は義父さんに悲しんでほしくない！」

そう言ったあと、俺は涙を拭って言葉を続ける。

「俺は、義父さんに拾われてからずっと、幸せです。だから、もうそんな顔をしないで」

「ラルク……」

義父さんは俺を抱きしめ、さらに泣き崩れた。


それから数十分後、やっと平静に戻った義父さんは「よし、もう大丈夫だ」と言って立ち上がる。

「しかし、義父さんもあんな風に泣くんですね」

「おい、せっかくいい雰囲気だったのに、普通そんなこと言うか？」

義父さんの言葉に俺は思わず笑ってしまい、義父さんも笑う。

この一件を通して、俺達の親子の絆はさらに固くなったと、俺はそう実感した。

◇

話し合いから数日後。ラムドとニーチェは俺を洗脳しようとした罪で処刑された。

その事実を知っているのは、あの場にいた者と、イデルさんを含む今回の事件を知るわずかな人だけだ。表向きには彼らは国外追放ということになっている。

もう一人の異母兄はまだ牢屋に入っており、義母の行方(ゆくえ)は不明のまま。だが、俺にとってはどうでもいいことだ。元家族を思い出すことはもう二度とないだろう。

俺達は城から家に戻り、今日からまた普通の暮らしに戻る。

さぁ久し振りに学園に行こうと思って制服に着替えて学園に向かうと門が閉まっていて、その門に張り紙がされていたのを読んだ。

『夏休みの期間中、正門は閉め切っています』

「……えっ、もう夏休みなの？」

知らぬ間に、学園生活二年目の夏休みに入っていた。

●定価：本体1200円＋税　●ISBN 978-4-434-27336-0　●Illustration：もきゅ

前世で辛い思いをしたので、
神様が謝罪に来ました
God came to apologize because I had a hard time in the past lit
初昔茶ノ介
Chanosuke Hatsumukashi
全属性カンスト魔法
スキル作り放題
女神さまがくれた猫
てんこ盛りなお詫びチートで
不可能ゼロの天才少女に!?
やり直しライフは幸せまっしぐら!

ギフト争奪戦に
乗り遅れたら、
ラストワン賞で最強スキルを
手に入れた
［著］みももも
余りもの
「最弱スキル」のおまけに
最強レアスキル
がついてきた!?
大人気異世界集団勇者ファンタジー、
待望の書籍化！
高校生の明野樹は、ある日突然、たくさんの人々とともに見知らぬ空間にいた。これから全員が勇者として異世界に召喚されるらしい。この空間では、そのためにギフトと呼ばれるスキルが配られるという。しかし、それは早い者勝ちだった。当然勃発するギフト争奪戦。元来積極的な性格ではないイツキは、その戦いから距離を置いていた。だがそうなると、いいギフトは手に入らない。案の定、イツキが手にしたギフトは、最低ランクだった……が、最後の一個にはなんとラストワン賞として、超レアなスキルがついてきた――
ギフト争奪戦に
乗り遅れたら、
ラストワン賞で最強スキルを
手に入れた
みももも
勇者大量召喚で
スキル争奪戦勃発!!
余りもの
「最弱スキル」のおまけに
最強レアスキル
がついてきた!?
大人気異世界集団勇者ファンタジー、待望の書籍化！
◆定価：本体1200円＋税　◆ISBN：978-4-434-27521-0　◆Illustration：寝巻ネルゾ

この作品に対する皆様のご意見・ご感想をお待ちしております。
おハガキ・お手紙は以下の宛先にお送りください。

【宛先】
〒150-6008 東京都渋谷区恵比寿4-20-3 恵比寿ｶﾞｰﾃﾞﾝﾌﾟﾚｲｽﾀﾜｰ 8F
（株）アルファポリス　書籍感想係

メールフォームでのご意見・ご感想は右のＱＲコードから、
あるいは以下のワードで検索をかけてください。

アルファポリス　書籍の感想

ご感想はこちらから

本書はWebサイト「アルファポリス」（https://www.alphapolis.co.jp/）に投稿されたものを、改稿、加筆のうえ、書籍化したものです。

初期スキルが便利すぎて異世界生活が楽しすぎる！ 4

霜月 雹花

2020年 6月30日初版発行

編集－藤井秀樹・宮本剛・篠木歩
編集長－太田鉄平
発行者－梶本雄介
発行所－株式会社アルファポリス
〒150-6008 東京都渋谷区恵比寿4-20-3 恵比寿ｶﾞｰﾃﾞﾝﾌﾟﾚｲｽﾀﾜｰ8F
TEL 03-6277-1601（営業）　03-6277-1602（編集）
URL https://www.alphapolis.co.jp/
発売元－株式会社星雲社（共同出版社・流通責任出版社）
〒112-0005 東京都文京区水道1-3-30
TEL 03-3868-3275
装丁・本文イラスト－パルプピロシ
装丁デザイン－AFTERGLOW
印刷－中央精版印刷株式会社

価格はカバーに表示されてあります。
落丁乱丁の場合はアルファポリスまでご連絡ください。
送料は小社負担でお取り替えします。

ISBN978-4-434-27529-6 C0093